八《や》百《お》万《よろず》戀《こい》歌《うた》

～やまといつくし、こひせよをとめ～

JN286886

当真伊純

LULULU
小学館ルルル文庫

日耶［かや］
太陽の女神。大王と
誓約を交わし、八眞土《やまと》を
守っている。
切れ長の瞳を持つ
華やかな美貌の女性。
八梛［やなぎ］
驒在大王《だざいのおおきみ》の八女。里歩
きが大好きな活発な媛《ひめ》。
言霊を操る万那《まな》がうまく
扱えず、日女神・日耶《かや》から
与えられた言祝ぎの怪力
にも悩まされている。
八百万戀歌《やおよろずこいうた》
～やまといつくし、こひせよをとめ～
登場人物紹介

蔵麻［くらま］
西から砂鉄の仕入れ
に来た、20歳ほどの
青年。日に焼けた
精悍な面差し、
がっしりした体つき。
九華［このか］
八梛の妹。大王
の末娘。柔和な
面差しで姉妹一
の美人だが、
気が強く賢い娘。
朔夜［さくや］
日耶の弟。月の神。
冷たく美しい面差し、
背が高くほっそりした
姿が優美な青年だが、
口をきかない
元・引きこもり。

目次

イラスト／くまの柚子

八百万戀歌《やおよろずこいうた》

~やまといつくし、こひせよをとめ~

『磯城島《しきしま》の　八眞土《やまと》の国は　ことだまの　幸《さき》はふ国ぞ　ま幸《さき》くありこそ』

あのね、この国では言葉が幸せなこと、すてきなことをたくさん運んでくるの。

おだやかにほほ笑んで、彼女はそう言った。

その笑顔が瞼に焼きついて、今でも忘れられない。

序章

その少女は、さながら花のようだった。

春の色――桃色に染まった長い裳《も》も、薄紅色《うすべにいろ》の頬《ほお》も、野の若草の中で明るく映える。頭には蔓《かずら》が編み込まれ、少女のぬばたまのような髪をしっかりと搦《から》めとっていた。

衣《ころも》に包まれた背は、一輪の花のようにすっと伸びていて、凛《りん》とした印象を与える。

「いいお天気ですね、八の媛《ひめ》」

声をかけたのは、角髪《みずら》を結《ゆ》い、まだ少年の域を出たばかりの青年だった。まとっているまっさらな衣褌《きぬはかま》は、彼が身綺麗《みぎれい》な格好をしていられる身分なのだと示していた。

けれども、少女は青年よりもさらに高みにあった。

この丘《おか》から見える裾野《すその》の一帯を超《こ》えた先、そしてここからは見えない所まで、広く彼女の父である大王が治める八眞土《やまと》と呼ばれる国なのだ。緑萌《も》える豊かな大地は太陽に照らし出され、きらきらと輝いている。

「ええ、今日がこんなにも素敵な日で、本当によかった」

肩にかかった領巾《ひれ》の端で口元を隠《かく》すこともせずに、八の媛と呼ばれた少女はまっすぐに男の方を見て言った。見上げる動きとともに胸元で紅色の勾玉《まがたま》の首飾りも揺《ゆ》れる。媛のゆるやかな弧を描《えが》く唇は、今がさかりの桃《もも》の花弁《はなびら》のように瑞々《みずみず》しく、男は知らず知らずのうちにみとれてしまっていた。だが、それに気がついていない八の媛は、男に視線を注いだまま、首をかしげて問う。

「どうされました？　波比登《なみひと》さま」

「いえ！　なんでもありません！」

慌《あわ》てて波比登が答えると、八の媛は「不思議な方」と小さく声を上げて笑った。

視線の行方《ゆくえ》がぎこちないのは、これがいわゆる見合いだからだ。しかも、ただの見合いではない。次の八眞土の大王になる権利を、波比登は今目の前につり下げられているのだ。

「あの、あなたの父君――大王は私のことをなんと言っていただろうか」

「とても勇敢《ゆうかん》な方だとおっしゃっておいででした。弓が得意だと聞きましたが」

たしかに、波比登は背に上等な弓を負っていて、手入れもしっかりされている。

「はい！　この間も、猪《いのしし》を仕留めましたよ！」

そうして、波比登が弓を手に取って引く仕草をすると、八の媛は目を輝《かがや》かせる。

「ぜひ、私も見てみたいです」

弾《はず》んだ声でねだる少女に気を良くし、波比登は手際《てぎわ》よく弓矢をかざして見せる。

「なにを射てみせましょうか」

「でしたら」

的を見つけるために周りに巡《めぐ》らされた視線は、ある一か所にすいと向けられる。

いつの間にか、少女が先ほど見せた無邪気《むじゃき》さはすっと立ち消えていた。代わりに、状況を見定めようとする冴《さ》えた光が眼《め》に宿る。

「八の媛？」

「少し、お静かに」

風のそよぐ音に混じり、声が聞こえてくる。本当にかすかだったそれは、やがてはっきりとした言葉となり、二人になにが起こっているのかを伝えた。

「猪の太郎丸《たろうまる》が出た――――！　逃げろ――――！」

「だめだ！　こっちに向かってくるぞ――！」

山の裾野の方から大人の男十人分はあろうかという巨体《きょたい》が猛烈《もうれつ》な勢いで突進《とっしん》してくる。とげのようにも見える濃《こ》い栗色《くりいろ》の硬い毛、そして口元にそびえる湾曲《わんきょく》した牙《きば》は、日の光を弾《はじ》いて、その存在をさらに恐《おそ》ろしいものたらしめていた。

「こちらに来ます！　危ないから逃げましょう！」

せっぱ詰《つ》まった声を上げると同時に、八の媛の手を取り駆《か》けだそうとする波比登だったが、八の媛がその場から微動《びどう》だにしなかったため、前につんのめってしまう。

「獣《けもの》は背を向けた者を獲物《えもの》だと思います。それに、今逃《に》げ出しても間に合いません」

「そ、そんな……」

いやに冷静な媛の言葉に、波比登の全身の血が急速に冷えていく。

「波比登さま、その手にあるものはなんでしょうか」

弓と矢を指し、八の媛は言外に「あの獣を射てみせろ」と命じていた。

しかし、波比登の狩《か》りとはせいぜい仲間とともに犬を使って獲物を追い込むくらいのこと。これほどまでに大きな山の主にひとりで立ち向かったことなどない。

無理だ。それを伝えるために、首が千切れそうなほど何度も横に振《ふ》ってみせた。

失望を恐れた波比登は媛の方を見やったが、もはや少女はこちらを見ていなかった。手の中には、首から下げられていた紅色の勾玉が握《にぎ》られていた。それを猪の方にかざし、八の媛は深く息を吸い込むと、音に換《か》えて紡《つむ》ぎだす。

「かけまくもかしこき天神《あまつかみ》、国神《くにつかみ》、八百万神《やおよろずのかみ》の御前《みまえ》に謹《つつし》み敬《ゐやま》いも申《もう》さく」

凛と響《ひび》く声に、場の空気が変わったことを波比登は悟《さと》る。天神も国神も八百万神も、獣を鎮《しず》める力を持つ神で、彼らに奏上するこの言葉はただの言葉ではない。

「獣避けの祝詞《のりと》……」

力の宿った言葉──言霊《ことだま》を連ねたそれは、神々に伺《うかが》いをたてるものだ。

「かがふり奉《たてまつ》る御神徳《おほみのり》を仰《あお》ぎ奉《たてまつ》り、喜《よろこ》び奉《たてまつ》り、八柳参上《やなぎまゐのぼ》り来《き》て万那《まな》捧《ささ》げ奉《たてまつ》り、言《こと》祝《ほ》ぎの事《こと》の由《よし》告《つ》げ奉《たてまつ》り」

少女の口から祝詞が滔々《とうとう》と紡ぎ出される。

もし、この言葉が神に届けば、あの猪は興奮が収まるはず。

固唾《かたず》を呑んで成り行きを見守る波比登の淡い希望に応《こた》えるかのように、八の媛が掲《かか》げた勾玉がきぃぃんと高い音を上げ、陽光のような輝きを生み出す。

「乞《こ》い祈《の》み奉《たてまつ》る恵《めぐ》み幸《さき》はい給《たま》え。平《ひら》けく安《やす》けく聞《き》こしめせ！」

しかし、光を帯びていたはずの勾玉は、再び音も光も消え失《う》せ沈黙《ちんもく》してしまう。

相変わらず猪はこちらへと進むだけだ。あれほど大きな獣を止められるはずなどない。しかし、少女は一度嘆息《たんそく》しただけで、あきらめたような気配はない。

「波比登さま、少し下がっていていただけますか？」

猪と波比登の間で、少女は領巾の端をくわえ、あっという間にたすきがけてしまう。

まくりあげられてあらわになったのは、ほっそりとした腕だ。それが猪の突撃《とつげき》によって無残に折れてしまう様を思い描き、波比登は悲鳴じみた声をあげた。

「危ない！　八の媛！」

腰を抜《ぬ》かした波比登は、無残な光景から逃《のが》れるために、かたく瞳を閉じてしまった。

その直後。

「どわっせぇ――――い！」

威勢《いせい》のよい少女の掛《か》け声とともに、男の頭上を影《かげ》が舞《ま》い踊《おど》った。そして背後で激しい震動《しんどう》が続く。ようやく駆けつけた兵士たちが、猪に群がる足音だ。

「媛さまが獲《と》ったぞ――――！」

「縄《なわ》だ、縄！　早くしないと目を覚ますぞ！」

「手が空いてる奴《やつ》は来い！」

天地も分からなくなり、仰向《あおむ》けのまま投げ出された猪は、頭を打ったせいか手足をしびれさせており、その隙《すき》に兵士たちにすばやく縛《しば》りあげられてしまう。そして、兵士十数人がかりで担《かつ》ぎあげられて持ちさられる巨体を波比登が呆然《ぼうぜん》と見送っていると、たすきにした領巾をはずしつつ少女が慌てて駆け寄ってくる。

「波比登さま！　お怪我《けが》はありませんでしたか？」

ひざを折り、心配げに声をかけてくる少女を見て、ようやく波比登は正気に戻《もど》った。

その少女は、さながら花のよう「だった」。

だが、猪一匹《ぴき》を軽く投げ飛ばした今、男は少女をそう思うことはできなかった。

「お、お願いします！　命だけはどうかどうかお助けください！」

「え？」

とまどう少女が男の肩に触《ふ》れようとすると、大仰《おおぎょう》に男は肩を震《ふる》わせ、飛びあがった。

「ごめんなさい俺は痛いのはいやぁぁぁぁぁ！」

そして、脱兎《だっと》のごとくはるか彼方《かなた》へと駆けだしていってしまった。

残された媛は、その俊足《しゅんそく》に呆気《あっけ》にとられるしかない。

「これって、今回も、だめだったって、ことだよね……？」

事実を口にして、少女は小刻みに肩を震わせる。

「八梛《やなぎ》様――！　今夜は猪鍋だそうだ――！」

波比登と入れ替《か》わりになるように、兵士が八の媛――八梛に遠くから声をかける。

見事に見合いを断られた直後だというのに、彼らはまるで媛をいたわる様子はない。

はっきり言って、間が悪すぎる。

だが、媛が発したのは蒼穹《そうきゅう》までとどろく叫《さけ》び声だった。

「大盛りでよろしく――――！」

高らかなやけ食い宣言に応えて、遠くでとんびがぴーひょろりと鳴いた。

一章

「あーははは！　それで、夕餉《ゆうげ》が猪の肉三昧《ざんまい》だったとな！　妾《わらわ》は腹が痛いぞ！」

夜の帳《とばり》がすっかり降りた頃、木造の御舎《みあらか》の高い天井《てんじょう》に盛大な哄笑《こうしょう》が響きわたる。

床《ゆか》にひっくり返りそうなほど大仰に笑っている声の主は、華《はな》やかな美貌《びぼう》がまばゆい妙齢《みょうれい》の女だ。涙の浮《う》かぶ切れ長の目元は涼《すず》やかで、笑いの形にゆがめられた唇は紅を刷《は》かずとも鮮《あざ》やかだった。そして、長く黒い髪は明かりに照らし出されて艶々《つやつや》と輝く。

堂々としたたたずまいの女の前でひざを抱《かか》えて座っていた八梛《やなぎ》は、憤然《ふんぜん》と抗議《こうぎ》の声を上げた。

「笑いすぎよ、日耶《かや》！」

とがめられてもいまだに笑いを収められない日耶も腹立たしいが、怒《いか》りの源はそれだけではない。

「みんなもみんなよ！　猪汁のお椀《わん》が空になる先から、おかわりは？　ってきくのよ！　だったら、食べるしかないじゃないの！」

「しかも、見合い相手には震え声でお助けくださいとか言われたのだと？　あ――、腹がよじれそうじゃ。なあ九華《このか》、今度の見合いは妾とともにのぞき見せんか？」

日耶が呼びかけたのは、八椰の隣に座るもう一人の美しい少女だった。九華という名の少女は八椰の妹にして、九番目に生まれた大王の末娘だ。

凛《りん》とした雰囲気《ふんいき》の姉とは違《ちが》い、見る者を和《なご》ませる柔和《にゅうわ》な面差《おもざ》しは、姉妹一だけではなく八眞土《やまと》一の美貌と名高いが、その漆黒《しっこく》の瞳にはどこか意地の悪さをたたえている。

「逃げられるのも仕方ありませんわ。だって、猪を素手で打ち倒《たお》すような媛君《ひめぎみ》には、そうそうお目にはかかれませんもの。わたくしが媛君らしく見えるようなしぐさをお教えしましたのに。やはり、魂《たましい》に刻まれたものは、一朝一夕には変わりませんのね」

「風が吹いただけでも倒れそうな、守ってあげたい媛君を演じろ、だったかえ？　風どころか猪相手でも真っ向から立ち向かうなぞ、すっかりぼろが出てしまったのう」

言いたい放題の二人に負けず、八椰も反撃《はんげき》に転じる。

「最初は、祝詞を唱えてなんとか助けてもらおうとしたの！」

「だれに助けを乞うた？　言うてみい」

「天神と国神と、八百万の神」

「お願い相手として、まちがいはございませんね」

八椰の父である騨在大王《だざいのおおきみ》が治める八眞土には、あまたの神が息づいている。火にも水にも土にも、風にすら神は宿り、ある時は獣の姿を借りて姿を現すこともあれば、実体さえ持たない神もいる。

彼らと通じるためには必要なものがある。まず、力の宿った言葉——言霊《ことだま》だ。それを形式にのっとり連ねた祝詞で、人々は神に願いを奏上する。

「祝詞にも間違《まちが》いはなかった。……と、思う」

自信の無さが言葉に現れ、灯台の明かりもそれに呼応するかのように何度か揺《ゆ》らめいた。じじじと続く音が、油の尽《つ》きそうなことを教えてくれる。

まっさきにそれに気づいたのは八梛だった。

「そういえば油が切れかけていたわね。もう侍女《じじょ》たちも休んでいる頃《ころ》だし、私が」

そうして、「かけまくもかしこき」とつぶやきかけた刹那《せつな》、日耶に制されてしまう。

「待て、それでこの日之御舎《ひのみあらか》をケシ炭にしかけたのはどこのどいつじゃ?」

苦い記憶を蒸し返された八梛が言葉に詰まった隙に、すかさず九華が声を上げた。

「わたくしがつけますわ」

そうして、すうっと細く息を吸い込み、妹媛《みまえ》は一息に唱えた。

「かけまくもかしこき久々能智《くくのち》神のうづの御前にかしこみかしこみも申《もう》さく」

すると、柔《やわ》らかな光が灯台に浮かび上がる。油がなくとも、燃え続ける橙《だいだい》色は、小さな奇跡《きせき》と言ってよかった。そして、最後に淡い輪郭《りんかく》が九華の背後に現れる。すぐに夜闇《よやみ》に溶《と》けて消えてしまったその影は男の姿形をしているように見えた。

「見事じゃ。名を呼ぶだけで意をくませるとは」

八椰が祝詞を唱えても、神が姿を現すどころか、一瞬《いっしゅん》小さく爆発《ばくはつ》が起きるか、大きく火柱が立つかのどちらかだ。

ほかにも、雨乞《あまご》いの儀式《ぎしき》で巫女《みこ》を務めればどしゃ降りの末に川が氾濫《はんらん》しかけ、それを収めるために晴天を願えば、結局降った雨の分が干上がり、元どおりとなってしまったこともあった。稲《いね》を作ることで豊かになってきた八眞土において、雨量は生活を左右する。そのため、八椰は天気に関する儀式には参加しないことが通例になった。

歴然とした差を見せつけられ、八椰は胸に下げた勾玉《まがたま》を手に取り、ため息をついた。

「やっぱり、私には万那《まな》がないのかな……」

「ないわけではないのじゃがな」

言霊を操《あやつ》るためには、ただ形式にのっとった言葉を連ねればいいのではない。万那という内に秘められた力が必要になる。その力が言葉を介《かい》し、奇跡を引き起こすのだ。

遠くは神の血脈に連なる大王の一族は、たいがいの者が強い万那を持ち合わせている。その最たる例である九華は小首をかしげ、冷静に事実を述べる。

「どちらかというと、あり余っているけれども、それを扱《あつか》う術《すべ》が分からないという方が正しいのではございませんか？」

「うむ、そなたの馬鹿力《ばかぢから》と一緒《いっしょ》じゃ」

ばっさりと切り捨てられ、八槻は拳《こぶし》を握《にぎ》り前のめりになって日耶に訴《うった》えかける。

「私だって、好きでこんな力使っているわけじゃないわ！　そもそも、こんな厄介《やっかい》な言祝《ことほ》ぎをよこしたのは、あなたじゃない！」

言祝ぎは、万那と並んで八槻を悩ませるもう一つの厄介事だった。

大王の一族と縁《えん》の深いこの日耶は、代々大王に生まれた子になにか一つ特別な力を授けるのが習わしだ。秀《ひい》でた容色を授けられた長姉と九華を始め、八槻の姉妹はそれぞれ縫物《ぬいもの》の才能、歌の才能など、媛として身につけるにふさわしいものを授けられた。

だが、八槻だけがどうしてかこのように雄々《おお》しい才を授かってしまったのだ。

「妾は、授けただけ。それがどのような特徴《とくちょう》となって現れるかは、授けてからでなければわからぬ。なに、見合いがご破算ならここに骨をうずめればよいであろう」

とんとんと御舎《みあらか》の床を指でたたく日耶に、八槻は詰《つ》め寄り悲哀《ひあい》に満ちた声を上げる。

「もう、そんなこと言って言霊が現《うつつ》になったらどうするのよ。私は、恋をしたいの！」

真摯《しんし》な声音《こわね》に応えるのは、笑いから一転した日耶の気のない返事だ。

「恋、か」

「そのようでは、また婚期《こんき》が遠のきますわね。私の番が来るのはいつのことでしょう」

最後のとどめと言わんばかりに、九華がすげない言葉をぶつけてきた。

八椰の良人《おっと》が決まるまで、九華の見合いには待ったがかけられている。

順を追いこし九華が良人探しを始めれば、八椰に難ありと知られてしまうからだ。

これ以上見合いで悩みたくはない両親は、末娘の見合いを先延ばしにしている。

「九華まで婿取《むこと》りの順番が回ってこなかったら、一緒に巫女になろうね……」

「まさか、その時はご覚悟《かくご》を。もし、よいお相手が見つかって姉上よりも先に祝言を挙げることを父上たちに反対されましたら、わたくしは殿方《とのがた》にさらわせて駆《か》け落ちいたしますので」

神がかった美しさを持つ彼女なら、確かに誘惑《ゆうわく》はたやすいだろう。そして、自らは宮に取り残され、一人老いていくというありえそうな未来を思い描《えが》き、八椰が絶望していると、低い男の声が御舎に響《ひび》く。

「ここにいたのか、二人とも」

闇《やみ》から明かりの満ちた御舎へと歩み入るのは、そろそろ壮年《そうねん》を終えかけている男だ。角髪《みずら》を結《ゆ》い、顎ひげをたくわえた男の姿に、八梛と九華は居住まいを正した。

「父上、良い夜にございますね」

「どうぞ、こちらへお入りください」

日耶の前を譲《ゆず》り、二人は入口近くの下座へと位置を移す。目上の者を立てるという母からしつけられた自然な所作だった。

事実、大王の身分は八眞土の頂に据《す》えられる。その下に、里や地方を治める豪族《ごうぞく》が従い、豪族たちは民《たみ》を治める。従《まつろ》わない民もいるが、父は間違いなく人の王だ。

だが、厳格さばかりがにじんでいた大王の顔が、わずかにゆがめられる。

「なんだ、私が来た途端《とたん》に秘密の話は終わりか」

不満もあらわな顔は、娘たちだけが知っている父親としての一面だ。父が時折見せる素直な反応をことさら面白がるのは、九華の方だ。

「ええ。だって、これから父上の方がわたくしたちには内緒《ないしょ》の話をなさるのでしょう？」

さかしい九華が見透《みす》かすように言ってみせると、大王は満足げにほほ笑んだ。

「察しの良い娘を持って良かった」

だが、気安い内緒話から一転、込み入った話の気配に、ひとり日耶はつまらなさそうに口をとがらせる。

「娘たちは無駄《むだ》に仕事熱心な父親を持って、そろそろ辟易《へきえき》するころであろうな」

しかし、覚悟を決めたのか、ひとつ嘆息《たんそく》した後にさっとくつろいだ顔を消し去った。

日耶の本来の顔、それは八眞土を守る日の女神なのだ。

「面倒だが、これも妾の役目だ。話を聞こうぞ、人の王よ」

あとはもう神と大王の時間だ。

神は言葉を授け、大王は政《まつりごと》をする。政は祀《まつ》りごと。そうやって、八眞土の国は巡《めぐ》っている。神が天から降臨し、人と縁を結んで以来の決まりごとだった。

物分かりよく九華は立ち上がると、踵《きびす》を返し外へと向かう。しかし、八梛は違った。

「私も、お二人の話を聞いてはだめですか？」

「だめだ」

これまで、何度か父との間で交《か》わされた言葉だ。父の返事は変わらない。その度《たび》に、八梛は落胆《らくたん》して、大王になってしまった父の前から立ち去らなければならなかった。

この時間は、大王にだけ許された神聖なもの。それくらいわかっている。

しかし、帰りしなにもう一度だけ八梛は御舎からもれ出る明かりを振《ふ》り返った。

いつも、この明かりを遠くから見つめていた。

けれども、強い言葉を持たない自分にはまぶしすぎて、近づくことはできない。

ぎゅっと唇を噛《か》んで、八梛は先を行く九華の背を追いかけ、追い越《こ》すと、行く先が自室ではないことに目ざとく気がつかれてしまう。

「姉さま。もう夜も遅いというのに、どこに行かれるのですか」

「今日は新月でしょう？　だから星見にでも」

「姉さまが抜け出すことで困るのは、侍女や衛士なのですよ？」

沈《しず》んだ気分のまま部屋に戻《もど》りたくはなかったが、ひとつ年下の妹にきつい口調でとがめられてしまい、八梛はおどけるように肩をすくめた。

「言ってみただけよ。そんなに怒《おこ》らないで」

「姉さま、わたくしたちは、ただの娘ではございません。それをゆめお忘れなく」

「わかっている。大丈夫よ」

困ったように眉《まゆ》じりを下げて八梛が言えば、それ以上は九華も口をつぐむ。

八梛は心の底から安堵《あんど》した。これ以上、余計なことを口にしたくなかったからだ。

ただの娘ではない。けれども、媛《ひめ》として求められることをこなせない。そんなやるせなさを、妹にぶつけたくはなかった。

「わかっているわ」

自らに言い聞かせるように小さく言って、八梛は自室の方へと足を踏《ふ》み出した。

星が煌々《こうこう》とまたたく頃、することもなくなった八梛と九華はさっさと床《とこ》に入ってしまう。

うつらうつらと夢と現の間を行き来するのはほんのひと時のことで、あっという間に意識は闇に引きずり込まれる。

常の八梛ならば、一度寝入《ねい》ってしまえばめったなことでは朝まで起きない。

だから、その日に限ってすぐ側《そば》で板張りの床がきしんだ音に、ふっと意識が呼び戻されたのは奇跡と言ってもよかった。

隣で休んでいる九華かと思い耳を澄《す》ませるが、安らかな寝息が聞こえてくる。

まだ八梛が幼かった頃は寝床《ねどこ》の暖を求めて姉たちが潜《もぐ》り込んでくることがあったが、七人いた姉はみな嫁《とつ》いでしまった。下女たちも、部屋に入る前にひと声かけてくれる。

今、八梛たちに近づきつつある影《かげ》は、存在を悟《さと》られぬよう、足音を押し殺している。

ふいに、八梛は幼い頃に聞いた昔話を思いだす。

昔、八眞土という国ができるよりも前、天つ空には父神と母神がいた。やがて二柱の神は死に別れ、母神を蘇《よみがえ》らせようと父神が死者の棲《す》む根の国を訪れるが、醜《みにく》く変じてしまった妻を見て以来、二人はいがみ合い憎《にく》み合うようになってしまった。

そして月のない夜には、土蜘蛛《つちぐも》というまつろわぬ民たちが、根の国へと下った母神の命を受けて、父神の娘である日女神の恵《めぐ》み多き八眞土を汚《けが》すために暴れ出すのだと。

しかし、実際の土蜘蛛たちは、父の率いる八眞土の軍勢と小競《こぜ》り合いをするだけで、こんな所までは来られるはずがない。

(それにしても、いったい誰？)

八椰たちの暮らす宮に詰める兵士たちの目をかいくぐり、大王の家族の寝床にまでたどりつくなど、相当の手練《てだ》れだ。

この時ほど、八椰が自分に与えられた不本意な力に感謝したことはなかった。

(お願い。九華じゃなくて、私の方に来て！)

その願いが通じたのか、気配は八椰の側に座り込んだ。

そして、見知らぬ手が八椰の頰《ほお》をかすめた時、肌はあわ立ち、声を張り上げる。

「この不届き者！　私が羈在大王が八女、八椰と知っての狼藉《ろうぜき》か！」

威嚇《いかく》のために寝具を撥ねのけ、八椰は気配の方へとその塊《かたまり》を投げつけた。

まさか起きているとは思っていなかったのだろう。不審《ふしん》者は寝具を引きはがそうと、もがく。その隙《すき》を狙《ねら》って、八梛は拳の一閃《いっせん》をお見舞《みま》いする。暗がりの中でも、これ以上ないほどあざやかに突《つ》きが決まり、盛大な物音を立てて見知らぬ影が転倒《てんとう》する。

「八梛姉さま、どうされたの！」

派手に人が転がる音に、九華も目が覚めたようだ。しかし「私の後ろに下がりなさい！」と八梛がするどく言い放つと、床を這《は》いながらなんとか不審者から遠ざかる。

寝具の形はおそらく男一人分ほど。剣《けん》や槍《やり》などの得物《えもの》は持っていないようだ。丸腰《まるごし》で寝床へ忍《しの》び込んできた不審者のうかつさに感謝した八梛が、助けを呼ぶために声を張り上げようと深く息を吸いこもうとする寸前、寝具をはぎ取った影は部屋から抜《ぬ》け出していく。

「逃《に》がすか！」

影を追うため、着替える間すら持たずに八梛は寝巻のまま部屋から飛び出す。家族ではない男――兵士に寝巻姿をさらすことになるかもしれないが、そんなことなどうでもいいと思うほど今の八梛は頭に血が上っていた。

「姉さま、助けを呼びましょう！」

「呼んでいる間に逃げられるわ！　私は奴《やつ》を追いかけるから、九華は侍女《じじょ》を呼んで側にいてもらいなさい！」

九華の制止を振りきり、感覚を研《と》ぎ澄ました八梛は必死に遠ざかろうとする足音を聞き分ける。新月の夜で明かりは少ない中、なんとか目を凝《こ》らして八梛が闇を駆ける背を追うと、死に物狂《ものぐる》いで駆ける影が逃げ込んだのは、『彼女』のいる場所だった。

おろか者めがと、八梛は口の端《はし》をつりあげ、御舎《みあらか》への階《きざはし》を二段飛ばしで駆けあがる。

そして、祭壇《さいだん》の前に足をもつれさせながら進む不届き者の足首を右手でむんずとつかみ、倒れ込んでしまった体に地を這うような低い声で迫《せま》る。

「逃——が——す——か——」

顔を拝んでやろうと、今度は左手も使って勢いよく引き寄せたところで、八梛はするどく息を呑んだ。

角髪も結っていないざんばらの髪の隙間《すきま》からのぞいたのは、月の光のように冴《さ》え冴えとした面差《おもざ》しだったからだ。

こんな時でなければ、ぜひお話でも。そう思わせるほどの魔性《ましょう》を男は備えていた。

だが、この男は乙女《おとめ》の寝床に忍び込んだ許しがたい存在だ。

頭を振り、怒《いか》りを再燃させた八梛が、どう料理してやろうかと息巻いていると、床に這いつくばった二人をのぞき込むかのように上から声が降ってくる。

「おい、妾《わらわ》の寝床でなにをしておるか」

まるで空気から溶《と》け出《い》でるかのように姿を現したのは、八梛のよく知る女神《めがみ》だった。

「日耶、いいところに。この不届き者、煮《に》るのと焼くの、どっちがいいと思う？」

「妾はどちらかというと天日干しが好みだが、安心せよ。こやつはそなたを害するような真似《まね》はせぬ。ほら、落ち着かぬか」

そう言って、日耶はぐったりしている男を起き上がらせた。

不審者と見知った仲であるらしい日耶に、八梛は口元をひきつらせて問う。

「日耶、こいつと知り合いなの？」

「知り合いというか血を分けあった兄弟というか。ほら、あいさつをせい。友が増えるぞ」

だが、日耶に力いっぱい叩《たた》かれても座り込んだ男の背は丸まったまま、物言わぬままだ。そういえば、この男は殴《なぐ》られたときですらうめき声ひとつあげていない。

「辛気臭《しんきくさ》い……。これ、本当にあなたの弟なの？」

疑いを込めたまなざしで日耶を見つめるが、いきなり弟の前髪をかき上げた日耶は自信満々に言ってくる。

「ほら、よ――く見たら似ておらぬか？」

「本当、よ――く見たら……って、ますます似てないじゃないのっ！」

まるで日を具現化したような明るさを宿した日耶の面差しと、亡《な》くなった人を弔《とむら》うもがりの最中のように生気の失《う》せた男の顔は、似ても似つかない。

だが、とりあえず余計な追及《ついきゅう》はおいておき、八梛は目下一番の疑問を口にした。

「まあいいわ。それよりも、これはいったいなんのつもり？　仮にも神様が私の寝床になんの用かしら。夜這《よば》いをしかけるにしては、見返りが少なすぎるのではないの」

「そうだの。普通はか弱く美しい九華の方がまっさきに餌食《えじき》になるはずだからの」

八梛はキッと突き刺《さ》すほどの強さで日耶をにらみつけるが、否定はできない。

怪力《かいりき》を授かった八梛はただで転ぶような乙女ではない。少なくとも、蛮行《ばんこう》を働かれる前に、ありとあらゆる急所に容赦《ようしゃ》なく拳《こぶし》をたたきこもうとするくらいの気概《きがい》はある。

返事次第《しだい》ではただではおかないと、八梛は弟神の方に視線を移し、目で雄弁《ゆうべん》に物語る。だが、答えたのは弟神ではなく日耶だった。

「ああ、愚弟《ぐてい》を送り込んだのは妾じゃ」

思いもよらない答えに、一瞬《いっしゅん》八梛は絶句するが、すぐに抗議《こうぎ》の声を上げた。

「ちょっと、困ります！　夜這いされたなんてうわさがたったら、どうしてくれるの！」

「そなたは力加減に困っているのじゃろう。だから、これをそなたに貸そうぞ」

「貸すって、そんな物みたいに……」

突拍子《とつぴようし》もない提案に、なんと答えていいかわからず、八梛は戸惑《とまど》うばかりだ。しかし、日耶の売り出し文句はなおも続く。

「こやつは蹴《け》っても殴っても元どおりになるし、どれほど八梛が大暴れをしようとも怒《おこ》らぬ。男相手にどう猫を被《かぶ》るか、練習相手にうってつけじゃと思うぞ」

「元どおりって、そういえばさっき思いっきり殴ったけれど、大丈夫だった？」

命の危険すら感じていたため、寝具越《ご》しとはいえかなりの力で殴り飛ばしたはずだ。

「まあ、百聞《ひやくぶん》は一見にしかず。とくとご覧あれ」

そう言うと、日耶はいきなり弟の衣《ころも》を脱《ぬ》がし、上半身を裸《はだか》にしてしまう。「ひゃっ！」と短い悲鳴を上げて驚《おどろ》く八梛だったが、もっと驚くのはその後だった。

現れたのは、あざどころか染み一つないなめらかな肌だったからだ。

「本当だ。思いっきり殴った手応《てごた》えはあったのに、痕《あと》が全然ないわ……」

「今はこやつの領域じゃからな。妾が太陽を司《つかさど》るのなら、こやつは月を司る」

まじまじと男の体を見ているうちに、なぜか触《さわ》りたいという衝動《しようどう》が八梛の中に目覚める。それほど、男の体は非の打ちどころがないほど美しく、作り物めいてすら見えた。

しかし、それが乙女としてはしたないことだと気づき、八梛は目をそらす。

「あなたの弟君がとても丈夫《じょうぶ》なのはわかったけれど、そこまでする必要はないわ」

恋人の真似ごとを遊びでできるほど、八梛は器用な性質ではない。それを日耶はよく知っているはずなのに、彼女が提案を取り下げる気配はない。

「確かに、ここに骨をうずめるまでいてくれるのはうれしいが、そなたもやはり人並みに恋をしたいじゃろう」

「もしかして、夕餉《ゆうげ》の後に話したことを気にしているの？」

「別に気にしてはおらぬ」

「だったら」

どうしてと訊《き》こうとした八梛に、日耶は至極《しごく》彼女らしい愉悦《ゆえつ》に満ちた笑みを浮《う》かべて告げた。

「ただ単に、おもしろいと思ったからじゃ」

しんと、水を打ったかのように御舎が静まり返る。

そして、八梛の怒声《どせい》が降り注ぐ前、現れた時と同様に突如《とつじょ》日耶の姿がかき消える。

「雲隠《くもがく》れしたわね……、あのお気楽日女神……」

そして、残された二人の間に気まずい空気が流れる。

姉が突然消えてしまってもなお、彼は無反応を貫《つらぬ》いている。

「ええっと、あなたをなんと呼んだらいいのかしら」

最悪な出会いのせいで若干《じゃっかん》体は引き気味ではあるが、とりあえず八棚は名を問う。

実名《みな》を直接聞くことは、魂《たましい》を縛《しば》ることと一緒《いっしょ》だ。いくらよく見知った神の弟とはいえ、まだ実名を聞くには気が引けるから、まずはそこから始めることにした。

しかし、試みもむなしくふいと顔をそらされてしまい、思わず八棚は眉《まゆ》をひそめる。

「あなたね、話している時くらい私の顔を見てくれない？」

多少強引《ごういん》だとは思いつつ、両の手で男の頭を挟《はさ》み、ぐいとこちらに引き寄せる。

視線と視線が結ばれる。それは、彼も八棚を見ているということだ。

深く暗い色をたたえる双眸《そうぼう》の造形は完璧《かんぺき》で、八棚は無意識のうちにその無二の色彩《しきさい》に見入ってしまう。

長い、長い一瞬が終わったのは、男が八棚を突き放した時だった。

慌《あわ》てて受け身を取るが、すでに男は御舎の外に向けて逃《に》げの体勢に移っている。

「ちょっと、待って！」

なにが気に障《さわ》ったかもわからず、それでも八棚は寝巻の裾《すそ》をからげて駆《か》ける。

さすがに二度目の全力の追いかけっこは体にこたえる。あっという間に引き離《はな》され、息がきれて喉《のど》がひゅうひゅうと鳴った。

だが、足だけは止めない。その背中を逃がしてはいけないと、本能が命じたからだ。宮の中すべては八梛の庭だ。彼が取りそうな進路を読み、狭《せま》い通路を抜《ぬ》けて、なんとか先回りに成功する。

月のない夜のせいで、対面した彼がどんな表情を見せたかはわからない。そして、再び身を翻《ひるがえ》した男は、どんどん宮の端へ端へと足を速めた。

「このままだと……」

見とおした先にあったのは、洞窟《どうくつ》だった。昔、幼かった八梛がよく隠《かく》れ家《が》にしていた場所で、その近くには大の男十人分はあろうかという岩がある。男は、軽々とそれを持ちあげると、洞窟に入りこみ、それを入り口に据《す》え置いてしまう。

ドオンという重い音と揺《ゆ》れに続いて、近くの木々に巣を作っていた鳥たちが、夜にもかかわらず一斉《いっせい》にばさばさと羽音をたてた。

「ちょっと、そこまでするって、どれだけ？」

残された八梛は、脱力《だつりょく》し、ひざを折るしかない。

今日はどうやら人生で一番殿方《とのがた》に逃げられる日のようだった。

次の日、八梛は日が中天を回った頃《ころ》に、御舎《みあらか》を訪れた。

「日耶、いる？」

剣呑《けんのん》さの宿る声で問いかけて、答えも待たずに八梛は扉《とびら》を勢いよく開け放つ。

期待どおりの日女神《ひめがみ》の姿のほかに、珍《めずら》しく父の姿もあった。だが、父が大王として の顔ではなく、どこかくつろいだ面持《おもも》ちだったため、遠慮《えんりょ》せずに八梛は声をあげた。

「ごめんなさい、やっぱり無理よ！」

娘の嘆《なげ》く姿を案じた大王に呼び寄せられて、疲労《ひろう》が色濃くにじみ出る八梛は崩《くず》れるようにして座り込む。そうしてうなだれる八梛のつむじに、日耶は問いかけてくる。

「無理とは、なにがじゃ」

「あなたの弟、顔はおろか、声すら聞かせてくれないのだけど……」

ため息交じりで悲哀《ひあい》に満ちた声を上げた八梛は、昨夜から募る徒労感を隠さない。

「昨夜は見事に逃げられたけど、とりあえず一晩経《た》てば気も変わるかもしれないと思って、さっさと床《とこ》に入ったの。けど、今朝《けさ》になってもまったく岩が動いた気配がないのよ……。岩をどかそうとしても中から押さえられているみたいだし、呼びかけても無視よ！　私の考えが甘かったわ……。とんだ甘ちゃんだったのよ……」

「さすがに、一昼夜で生活を変えるのは難しかったかのう……」

嘆きの深い娘の代わりに、日女神のこぼした言葉を拾って父は問う。

「生活を変えるとは」

「実は、あやつは三百年ほど天つ空にある頑丈《がんじょう》な岩屋の中に引きこもっていたのじゃ」

三百年という途方《とほう》もない年月に、八椰はめまいを覚え、大王も思わずうなる。

「そのような状態で、よく八眞土においでになってくださいましたね」

「百年に一度だけ、あれは岩屋の外に出てくる。そこをひっつかまえて、の」

「もしかして、私とんでもないものを見ちゃった？」

そう思うと、もう一度あの姿を拝みたいというよこしまな好奇心がじわじわと湧いてきて、徐々《じょじょ》に八椰は前向きな姿勢を取り戻《もど》し始めた。

「ねえ、日耶。なんとかならない？」

「ひとつ、妙案《みょうあん》があるぞ。天つ空に伝わる由緒《ゆいしょ》正しい引きこもりの引きずり出し方じゃ」

「本当に？」

目を輝《かがや》かせて身を乗り出した八椰が問えば、日耶は高らかに告げた。

「とりあえず、脱げ！　そして、踊《おど》れ！　色仕掛《いろじか》けをするのじゃ！」

一瞬《いっしゅん》、なにを言われているのかわからず目をしばたたかせた八椥は、言葉の意味するところが頭に到達《とうたつ》するなり、顔を朱《しゅ》に染める。

「な、なに言っているの！」

「だって、気になるじゃろう。目の前にうら若き女性の裸があれば」

常は冷静な大王も、親として今ばかりは額に青筋を立てずにはいられないようだ。

「却下《きゃっか》です。私の娘をなんだと思っているのですか。ふざけるのも大概《たいがい》にしていただかないと、神酒《みき》を減らしますよ」

日耶たち神は、物を食べずとも命をつなぐことはできるが、酒を作ることは神事と同じであるし、日耶もこの特別な飲み物が大好きだった。定期的に捧《ささ》げられる好物を断《た》たれてはたまらないと思ったのか「すまぬすまぬ」と心のこもらない謝罪を述べる。

「だったら、岩屋の前で肉を焼いてみたらどう？」

「う～む、あやつはなまぐさは食わぬぞ」

「じゃあ、季節の果物《くだもの》盛り合わせで、岩の前にお供えしてみたら？」

「そなた、さっきから食べ物の話ばかりじゃが、食い気より色気を発揮するという考えはあらぬのか！」

「そもそも、色気を発揮できていたら、いい年して見合いに失敗しては日耶に馬鹿《ばか》にされつづける破目になっていません！」

　自分で言って悲しくなるが、まぎれもない事実だ。そして開き直ったところで良い考えが浮かぶわけでもない。

　そこで、八椰は自分たちのやりとりを見守っていた父親に矛先《ほこさき》を向けた。

「父上。殿方の視点から、なにか良い案はございませんか」

「男の視点からと言われてもな……」

　どこか遠巻きに話を聞いていたらしい父は、唐突《とうとつ》な問い掛けに面食らったようだった。だが、恋を知らない八椰は、男がなにを考えているのかについて疎《うと》いという自覚がある。なれば、身近な男から直接意見を取り入れようとするのは自然な流れだった。

「そういえば、父上と母上はどのように出会ったのですか？　やはり、見合いだったのですか？　母上のどのようなところに惹《ひ》かれたのですか？」

　母は、八椰たち九人の娘を産んだ大王の唯一《ゆいいつ》の妃《きさき》で、きりりとした目元やしゃんとした背は妃としての矜持《きょうじ》を体現しており、宴《うたげ》の席でも決して乱れることはない。

　若い頃はとにかく気が強かったと父がひそかに教えてくれたことがあったが、それは今も変わっていない。そして厳しい母に、さかしい九華はともかく、八椰はよく昔から大目玉をくらっていた。

「なにを言っておるか、八梛よ。こやつと妃はな」

にいっと口の端《はし》をつり上げた日耶が続きを口にする前に、大王が凄《すご》みをきかせた声で日耶に対する奥《おく》の手を使ってしまう。

「向こう一年の神酒をなくしてほしいのですか」

すると、父の思惑《おもわく》どおり日耶は口をつぐんでしまった。しかし、ここまで父を焦《あせ》らせるとは、愉快《ゆかい》な話であるにちがいないと踏《ふ》み、八梛はなんとか食い下がろうとする。

「ええ――！　ここまで聞いてしまえば、気になります」

「もし続きを聞きたければ、お前の母上に訊きなさい」

母にそんなことを訊けるわけがないと知ってうそぶく大王を、八梛は心底うらめしげなまなざしで見つめるが、てこでも動きそうにない雰囲気《ふんいき》を感じ取りあきらめる。

結局、肝心《かんじん》な問題も解決しておらず、出るのはため息ばかりだ。いい加減うんざりしてしまい、八梛はそろそろこの厄介《やっかい》な案件を投げ出したい衝動《しょうどう》に襲《おそ》われていた。

「やっぱり、三百年ものの筋金入りを矯正《きょうせい》するなんて無理よ。そもそも、どうしてそんなに長い間、あなたの弟君は引きこもっていたの？」

「そうじゃな、きっかけは……姉弟喧嘩《きょうだいげんか》じゃ」

姉弟喧嘩というどこにでもありふれている出来事がいったいどうしてあれほど重度

の人間嫌《ぎら》いに発展したのかと、八梛の中で純粋《じゅんすい》な疑問が生じる。

「喧嘩？　だったら、私だって姉さまたちと喧嘩をしてきたし、その度《たび》に引きこもっていたらおばあさんになってしまうわ」

「そなたらの喧嘩なぞ可愛《かわい》いくらいだ。ああ見えてあれは相当なやんちゃだったのだ」

「やんちゃとは、具体的にどのようなものなのですか」

「畑を荒《あ》らすわ、獣《けもの》を追いたてるわ、同胞《どうほう》相手に喧嘩売りまくるわ、父神から授かった役目をひとつも果たそうとせぬからな、しばいてやったわ。いや、妾《わらわ》もあの時は若かった。おかげで、八眞土で竜巻《たつまき》は起き、雷はとどろき、寒波襲来《しゅうらい》と大騒《おおさわ》ぎになっての」

日耶の口調は昔を懐《なつ》かしむものだったが、八梛はその桁違《けたちが》いの被害《ひがい》の大きさに引きつった笑いを浮《う》かべるしかない。同時に、闇《やみ》の中で目にしたあの夜の化身《けしん》のような姿と荒《あら》ぶる神という二つの像が、どこでどう間違《まちが》ってつながるのか真剣《しんけん》に悩んでしまう。父も、同じく理解しがたいようだ。低くうなり、日耶に仔細《しさい》を問う。

「それで、岩屋に引きこもってしまわれたのですか？」

「否《いな》、こんな横暴姉貴はうんざりだと言い、八眞土に降りていった。しかし、そこから天つ空に戻ったらあの様じゃ。なにも語らぬ、一言も音に乗せようとせぬ。まるで、魂《たましい》を喪《うしな》ってしまったかのように、あれは言葉をなくしてしまったのじゃ」

「言葉を、しゃべれなくなったの？」

「いいや、誰かの前で使うことがなくなってしまったのであろう。もっとも、三百年もひとりでおったから、いいかげん言葉を忘れておるかもしれぬがな」

使うことができるのに、使わない。使う時は、危機に瀕《ひん》した場合のみ。

それは、八梛がよく知る感覚だった。

「私の怪力《かいりき》と、同じだ……」

夕餉《ゆうげ》を済ませ、すっかり日が暮れた後、もう一度自分を奮い立たせ、八梛は例の洞《どう》窟《くつ》へと向かう。けれども、そこでどうするべきなのか、いまだ答えは見つからない。

「言葉をなくしてしまった、か……」

なにが彼をそうさせたのか。姉ですらうかがい知ることのできない因縁《いんねん》を、昨日出会ったばかりの八梛が見通せるわけがない。けれども、放《ほう》っておくこともできない。

八方ふさがりの状況に、今日何度目になるか分からないため息をついた時、ふっと目の前をなにかが横切った。

「兎《うさぎ》、かしら」

宮の中に動物が入りこむことは珍しい。つい興味をひかれて、八梛はその影《かげ》が身を隠《かく》した茂《しげ》みに分け入る。だが、そこにいたのは兎よりももっと大きく、耳は短く、瞳も赤くはない。五歳ほどの幼い娘だった。

「あなた、こんなところに一人で迷《まよ》いこんで来たの？」

返事はないが、幼子の丸い黒の双眸《そうぼう》が食い入るようにこちらに向けられていた。

そして、ひざを折り少女と同じ目線になった八梛も、押《お》し黙《だま》ってしまった。少女の印象的な顔立ちに目を奪《うば》われたからだ。見るほどに、目が離せなくなる。そういう造形だった。その小ぶりな唇からぽつりと言葉がもれる。

「あいにきた。とうさまと、かあさまに」

宮で働く者の子なのだろうか。だったら話は早い。その紅葉のような小さな手を取り、八梛は笑みを浮かべて語りかける。

「そう、だったら私がお父様とお母様を見つけてあげるわ。あなた、名は？」

「沙霧《さきり》」

「さきり……か。聞いたことがないわ。じゃあ、お父様とお母様の名は？」

しかし、沙霧はだんまりを通し、八梛は困り果てる。

「ちょっと待ってて、誰か人を呼んで」

「ううん、もうだいじょうぶ」

しかし、一人にしておくのもためらわれて、立ち上がりかけていた八椰は再び沙霧と向かい合う。すると、沙霧は再び口を開いた。

「おはなし、したい」

「でも……」

両親を探さなくていいのかと問おうとした八椰は、ずいぶんと熱心に見つめてくる黒い双眸から、視線をそらすことができない。

「わかったわ。けれども、ちゃんとお父様とお母様もあとで探しましょうね」

すると、表情の動きは少ないながらも頬《ほお》を紅潮させて、沙霧は力強くうなずいた。

「さっき、どこへ、いこうとしていたの」

「会わなければならない人がいたの。その人は、すこし人と話すことが苦手でね、だから逃げられてしまって」

「にげる?」

「そう、私の顔も見たくないってことなのかしらね……」

ふと、自分の中でうまく向き合うことのできなかった不安が顔をのぞかせる。

言葉を封《ふう》じ、他者とのつながりを拒《こば》む神。

いくら姉の命令とはいえ、天つ空から連れ出され、見合いの練習相手をしろなどと言われ、さぞ嫌《いや》な思いをしただろう。

その原因は自分だ。まったくもって好かれる要素が見当たらない。

一度不安を認めると八梛は悲観的な思考を止められず、自然と顔もこわばっていく。

「おそらに、にげたの？」

沙霧のふっくらとした傷一つない指が、天を指していた。

どうしてそれを、と口にしかけて、八梛は別の答えに思い至る。

「そうだ。そういえば、あの人は空には帰らなかった……」

本当に顔も見たくないのなら、八梛の追ってこられないほど遠くに逃げていたはずだ。だのに、彼はまだ地に留《とど》まっている。八梛たちの棲《す》むこの八眞土に。

「まだ、間に合うかもしれない」

「うん」

なにに間に合うのか、それを予感しているかのように沙霧は八梛とつないでいた手にぎゅっと力を込めて、うなずいた。

伝わるぬくもりに背中を押されたような気がして、八梛はうつむき口元を引き結ぶ。

「ありがとう、さ、きり……？」

面を上げて、礼を口にした八梛は自らの目を疑った。まるで風に霧《きり》がなぎ払《はら》われるかのように、そこにいた少女は忽然《こつぜん》と姿を消してしまっていたのだ。

いつの間にか、手の中にあったぬくもりも力強さも失われている。

「どこに、行ってしまったのかしら……」

また、両親を探して迷っていたらと不安に駆《か》られるが、先ほどの言葉を思い返す。

大丈夫だと自分を見上げていた瞳は、不思議と力強く、疑う隙《すき》を見せなかった。

そして、八梛が見つけ出さなければいけないものは、もっと他にあった。


八梛の沓《くつ》が、洞窟前の砂利《じゃり》を踏む。その音すらやけに響《ひび》いた。

空には細い月が浮かんでいるだけで他《ほか》には明かりも、八梛以外の誰かもいない。

「ねえ、聞えているかしら？」

相変わらず、中から物音はしない。けれども、構わないと八梛は思っていた。

「あなたの姉さんからお話を聞いたわ。あなたはずっと言葉を封じているのだと」

ドォンと、重々しい地響《じひび》きに襲われ、八梛は体勢を崩《くず》しかける。地震《じしん》だろうかと身構えるが、それは一瞬で収まる。

もしかして、隠れている彼が反応したのだろうか。この機を逃《のが》してはいけないと、八梛はたたみかけるように言葉をやった。

「なにがあったのか、私はあなたに問いつめる気はないから安心して。けれども、一つだけ私の憶測《おくそく》を言わせて。あなたは、力を使うことを怖《おそ》れているのでしょう？」

応《こた》えはない。

憶測がはずれていたのだろうかという不安と、そうであるはずだという確信という矛盾《むじゅん》を抱《かか》えて、八梛は身動きひとつせず、じっと岩を見つめ続けた。

すると、異変は突如《とつじょ》起きた。

『どうして、放っておいてくれないんだ』

それは、聞こえるというよりも頭の中に直接響いてきた。だが、きっと彼の声だ。

『俺には、やはり人と関《かか》わるなんて無理だ。使い勝手のいい男の当てがはずれて困っている媛《ひめ》には申し訳ないが、他の男をあたってくれ』

すこし早口気味なのが惜《お》しいほど、初めて聞く彼の声は低いくせに耳に心地《ここち》よい。

うっかり聞き惚《ほ》れそうになる自分を叱咤《しった》して、八梛はこちらからも語りかける。

「私がどうこうではなくて、あなたはここにいてはいけないと私も思うから、こうして引きずりだそうとしているの。あなたは一回も太陽の下に出ていない。それではきっと気がめいってしまうし、洞窟の中は湿《しめ》っぽくて空気もこもるはずでしょう？」

『三百年、ずっとこのような暮らしだ。いまさら、どうでもいい』

「よかった」

思わず安堵《あんど》の声をあげた八梛に、気分を害したとわかる声が返る。

『どういう意味だ』

「だって、元々暗くて湿っぽい所が好きだと言われたら、もうなにも言えないもの。いまさら、ということはどうでもよくなかった時もあった。そういうことでしょう？」

肯定《こうてい》の声はない。だが否定もないことで、八梛はさらに一歩踏《ふ》み込む決心をする。

「私もね、昔あなたみたいに部屋に閉じこもっていた時があったの。昔は、今みたいにあなたのお姉さんからもらった力をちゃんと操《あやつ》れなかったし、言霊《ことだま》も見当はずれなことになって人を怖《こわ》がらせてしまって……人に嫌《きら》われたの」

雨乞《あまご》いの時だけではない。同年代の少女と普通に遊んでいるだけだったのに、力加減を誤ってものを壊《こわ》してしまったり、じゃれあっているうちに、つい力を込めすぎてしまったりしたこともあった。

『それで？』

拒むばかりだった男は、続きを促《うなが》す。

少しずつ、男が閉じきっていた扉《とびら》を開いてくれている心地がして、上ずりそうな声をなんとか抑えて八梛は続けた。

「でも、日耶が引っ張り出してくれたの。九華や、姉さまたちも、大丈夫だよって言ってくれた。それから、すこしずつ力の抑え方を練習したの。言霊はなるべく使わないようにしたわ。世界は、私が思うほど冷たくはなかったの。だから、それを知らなくて、大丈夫ではない人がいるのなら、私は知らないふりなんてできない」

人を傷つけてしまったことや、それに付随《ふずい》する疎外《そがい》感は、今でも思い出す度《たび》に八梛の心に冷たい雫《しずく》をもたらす。おそらく、一生それは八梛に降り注ぐのだ。

けれども、ひとりで過ごす暗闇《くらやみ》に戻《もど》りたいとは思わない。八梛は太陽の明るさと温かさを知ってしまった。

「だから」

『俺は、そういうおせっかいが大嫌いだ。人は呆気《あっけ》なく翻《ひるがえ》る』

突《つ》き放すような言葉に、頭を殴《なぐ》られたような衝撃《しょうげき》を受けた心地だった。

『今日この場で言ったことを、お前は百年守れるのか？』

「私は百年も生きられないわ」

『俺は三百年、暗がりの中にいた』

八槻には、すぐに岩戸を開けに来てくれる人たちがいた。

けれども、彼には？　三百年、彼の扉を開ける者がいなかったのだとしたら？

救われた八槻は、巡《めぐ》り合わせがよかっただけだったのだ。

自分の言葉が、どれほど残酷《ざんこく》だったかに気づいた八槻は、選択《せんたく》をまちがったことに気がついた。

一度音に乗せた言葉は、消し去ることはできない。

自らの犯《おか》したあやまちにいたたまれなくなり、八槻は逃《に》げ出したくなってしまう。

だが、なんとかその衝動《しょうどう》はこらえる。

今、八槻が逃げてしまえば、きっと彼はまた三百年を待たなければいけない。

ぐっと拳《こぶし》に力を込め、落ち着くために八槻は深く息を吸い込む。そして出てきたのは、まるで開き直るような無遠慮《ぶえんりょ》な言葉だった。

「おせっかいで結構よ！　あなたが何度岩屋に引きこもったって、この力があれば」

八槻は彼がそうしたように、洞窟《どうくつ》をふさぐ岩を持ち上げようとする。少女にしては長躯《ちょうく》の八槻よりもはるかに重みも大きさもある塊《かたまり》は、なかなか持ち上がってはくれない。だが、八槻はそれでも力を込め続ける。

退《ひ》くものか、その意地が八梛を突き動かすが、ようやく動いた岩が一気に宙に浮《う》きあがると、そのまま均衡《きんこう》が崩れ、細い体にかかった大きな影《かげ》が濃《こ》く広くなる。

「きゃぁぁぁぁぁ」

夜天に響く少女の叫《さけ》びに、ついにそれは暗い穴の中から姿を現した。

『おい、大丈夫か！』

せっぱ詰《つ》まった声が、八梛の頭の中に大きく響いた。そして、一日ぶりに目にした男の表情には、はっきりとした焦《あせ》りの色が浮かんでいた。

彼が初めて見せてくれた、表情らしい表情だった。

「あ、出てきた」

さきほどの叫びから一転し、手からこぼれ落ちそうだった岩を片手で軽々と持ち上げて、八梛はのんきな声を上げた。わざと危機を演じたのだ。

だまされたことに気がついた男は、焦りの色が消え失《う》せ、怒《いか》りと安堵と困惑《こんわく》がないまぜになった、なんとも言えない表情を浮かべている。だが、たしかにわかるのは、唇がわなないているということだ。

『どうして、こんな真似《まね》をした……』

相変わらず、聞えてくるのは彼の本当の声ではない。しかし、無表情の鎧《よろい》を取り払った男は、八梛のしでかした無茶に怒りを覚えているようだった。

ただ純粋《じゅんすい》に、八梛を心配していたのだ。

だが、八梛はひるむどころか、むしろ挑みかかるような不遜《ふそん》な態度で言い返した。

「そちらこそ。どうして、大嫌いなおせっかい女を助けに出てきてくれたの？」

男は目をむいた。

八梛の推測は、見当はずれではなかったようだ。

彼が本当にここに居たくないのなら、昨夜のうちにこっそりと誰にも見とがめられることなく、さっさと天つ空に帰っているはずだ。

なのに、こうしてここに留まり続けている。それは、彼がこの岩をこじ開けてくれるだれかを求めているからのようにも思えた。

男は答えない。答えないまま脱力《だつりょく》して、草の上に座り込んでしまった。

しかし、答えなどはなから求めていない八梛は、よいしょと岩を地面に降ろし、男に歩みよった。そして、座り込んだ男を真っ直《ます》ぐに見おろして、八梛は告げた。

「とりあえず、もう一度やり直しましょう。今度は正しく出会いたいの。私の名前は八梛。もちろん実名《みな》はもっと仰々《ぎょうぎょう》しいけれど、みんなは八梛と呼んでくれるから、そう呼んでちょうだい」

夜天には、新月の次の日のうっすらとした三日月が輝いている。それと同じ形を八梛は唇で描《えが》いた。

わずかに面《おもて》を上げて、目の端に八梛の笑みをとらえた男は、再びふいと顔をそらす。またた。こうして彼は顔をそむける。

自分の顔立ちはそこまで不快なのかと八梛が不安に眉《まゆ》を寄せると、本当に小さな、ささやきのような声が届く。

『普通、高貴な身分の乙女《おとめ》は、家族以外の男に顔を見せないものではないのか。名前だって、たとえ実名でなかろうと家族以外の男に軽々しく教えるものではない』

ほっそりとした月の光は未《いま》だ頼《たよ》りなくて、うつむかれるとますます顔が見えにくくなる。だが、抑揚《よくよう》だけは雄弁《ゆうべん》だ。突き放すようでいて、とまどいも見え隠《かく》れする響《ひび》きは、男の心の中を簡単に暴《あば》いてしまう。

要するに、照れていたのだ。

思いがけない反応に、八梛はぱっと表情を明るくした。

「ごめんなさい、あなたは日耶の弟だし、なんだか初めて会ったような気がしなくて」

生まれた頃《ころ》から側《そば》にいてくれた日耶、その弟となれば家族のようなものだ。

それに、八椰のことを心配してくれた彼は、そう悪い男でもないと思えるのだ。

もちろん、まだまだわかり合わなければいけないこともある。とりあえず、八椰は一番大切なものを決めることにする。

「とりあえず、あなたの名前をどうしましょうか」

『名前……？』

「昨日も言ったけれど、まさか、神としての実名を呼ぶわけにもいかないでしょう。けれど、ちゃんとあなたのことを呼びたいの」

そうして、なにがいいかと思案する八椰の側で男は『どうでもいい』とこぼした。

だが、明るい声音《こわね》で八椰はそれを真っ向から否定した。

「どうでもよくなどないわ。だって、この国では言葉がすてきなこと、幸せなことを運んでくるのよ。だから、名前をつけることはきっととても大切なことだと思うの。そうね、あなたと出会った昨日は月のない夜だったから、朔《さく》の夜で朔夜《さくや》はどうかしら？」

『なんのひねりもない』

「でも、あなたと出会った夜が新月だったことをずっと覚えていられるでしょう？」

我ながら、的確な名前をつけたと自負する八椰は満足げにほほ笑んだ。

なにかを伝えようとするかのように、男はわずかに唇を空回らせた。しかし、聞えてきたのは、やはり頭の中に直接響く声だった。

『お前がそうしたいのなら、そう呼べばいい』

拒否《きょひ》でないのなら、反応は上々だ。昨日は、話も聞かず逃げられたのだから、かなりの歩みよりだと、八梛は満足する。

「これからよろしくね、朔夜」

おずおずと手を差し出すと、朔夜も手を伸ばす。

八梛よりも一回りほど大きい手は、人と同じようなぬくもりと質感を持っていた。

岩越《ご》しでは感じることができなかったそれをたしかに手に入れたことに、八梛は自分でも驚《おどろ》くくらいの喜びを感じていた。

二章

八椰《やなぎ》がそっと御舎《みあらか》の中をのぞくと、いつもの日女神《ひめがみ》と、もう一人男の姿を見とめる。男の背中は丸まり気味で、まとう空気はどんよりとしている。昼間の月のように頼りない姿に不安を覚えつつも、八椰はいつもよりつとめて明るい声を出す。

「おはよう！　日耶《かや》、朔夜《さくや》！」

声に反応して二人分の視線が集まる。そして、日耶が手招きをし、八椰は従う。

「経緯《いきさつ》は弟から聞いたぞ。だまし討ちとはようやった、八椰」

しかし、だまされた朔夜の方をちらりと盗《ぬす》み見ると、わずかに眉間《みけん》にしわが寄っているのが見えた。やはり、すこし不満の残る手段だったようだ。

こじれた感情を上向きにしてほしくて、八椰はなだめるような調子で語りかける。

「怒《おこ》らないで、朔夜。今日はあなたの行きたい所に行って、したいことをするわ」

『俺は、ここにいる。したいことは、二度寝《にどね》だ』

朔夜はごろんと寝転がりふて寝をしようとするが、彼の姉がそうはさせなかった。

「ならぬ。妾《わらわ》も二度寝を所望《しょもう》するので、さっさと外に行くのじゃ」

昨日の今日であまり朔夜の機嫌を損ねたくなかった八棚は、漂《ただよ》い始めた不穏《ふおん》な空気に嫌《いや》な予感を覚えずにはいられない。

「日耶。お願いだから、今日ぐらい譲《ゆず》ってちょうだい」

「だって、ここは妾の別荘《べっそう》だし」

「その別荘を建てたのは、私のご先祖さまよ！」

しかし、聞く耳を持たない日耶に朔夜ごとひっつかまれた八棚は、軽々と御舎の外に放《ほう》り出されてしまう。そのまま日耶は扉《とびら》を閉じて立て籠《こも》ってしまい、すぐさま体勢を立て直した八棚が何度も扉を叩《たた》いてみても、反応は梨《なし》のつぶてだ。

それから何拍《はく》も遅れて、気だるげに起き上がった朔夜はいら立たしげに頭をかいた。

『怪力《かいりき》で、なんとかできないのか』

暗に御舎を壊《こわ》せと言っている朔夜に、八棚はめまいを覚える。

仮にも乙女になんていうことを提案するのだ。

「一応、何度か壊しては、その度《たび》に父上に大目玉をくらっているわ……。しかたがない、御舎で二度寝はあきらめてちょうだい。あなたのお姉さんは、寝ることとお酒に関してだけは妥協《だきょう》してくれないから」

無駄《むだ》な努力を放棄《ほうき》して、八棚は御舎を背に力なく歩き始めた。観念したのか、後ろにはひな鳥が親鳥に追従するかのように、頭一つ背の高い朔夜がついてくる。

『ところで、具体的に俺はどうすればいいんだ』

朔夜の協力を得られるようになったとはいえ、肝心《かんじん》の練習の内容を考えていなかった八棚は、そういえばと歩みを止めて考え込む。

「日耶は、練習相手にしろと言っていたけれど、どこまで練習してもいいのかしら」

後ろを振《ふ》り返って、八棚はまじまじと朔夜を検分してみる。

やはり日の光の下で見ても、冴《さ》え冴えと秀《ひい》でた容貌《ようぼう》をしている。髪は角髪《みずら》にできるほど伸びてはいないので流れるままになっているが、その無造作さすら美しい。

練習台にしては上等すぎる。と思いかけて、八棚は首を強く左右に振った。

彼は神だ。生きる時間も感じるものも別物で、一瞬だけ時が交差することはあっても、並び立ってともに歩むことはできない。

考え込んだり赤くなったりと忙《いそが》しい八棚に焦《じ》れたのか、朔夜が渋々《しぶしぶ》といった体《てい》で問いかけてきた。

『いつも、なにをしているんだ』

「この時間帯だと縫物《ぬいもの》や歌のけいこね。あとは、里を見に行ったりするわ。そこで見たことや気になったことを父上に奏上して、たまに私がなんとかすることもあるの。

灌漑《かんがい》を手伝ったりとか、熊《くま》を追い払《はら》ったりとか」

朔夜は眉をひそめるが、なまじ美しいだけにそれすら様になっている。

『媛君《ひめぎみ》なのに？』

「媛君だからよ。民《たみ》のおかげで食べていけているのだから、私が民のために力を尽《つ》くすのは当たり前でしょう」

『そういうことを言っているのではない』

「じゃあ、どういうことなの」

挑みかかるように、八棚は朔夜の前髪に隠《かく》れがちな双眸《そうぼう》を見上げる。すると、あからさまに朔夜はたじろぎ、『なんでもない』とちいさく吐《は》き捨てて、あとは黙秘《もくひ》を貫《つらぬ》く。

「変なの。まあいいわ。そうねぇ、見合いの時もとりあえず一緒《いっしょ》に散歩するところから始めるし、今日一日私はあなたを見合い相手と思ってふるまうわ。行きましょう」

そうして、八棚は目的を定めて歩を進める。今日は、見合いの時のような格式ばった衣裳《いしょう》ではなく、幾度《いくど》も洗って色あせてしまった単衣《ひとえ》と裳《も》だから、足取りも軽い。

これは上の姉からのおさがりだった。名前のとおり八番目の娘である八棚は、その服の大概《たいがい》が一番目の姉から順に回ってきたもので、おてんばな八棚がそれをことごとく着つぶしてしまう。そして、おさがりを受けることのできない九《この》番目の娘である九《この》華《か》は、真新しい衣裳を仕立てて袖《そで》を通すという寸法だ。

真新しい服は、確かにまとうと心地《ここち》がよくて、見ているだけで心躍《おど》る。けれども、こうして気軽に外に出られる便利さは、真新しい服には代えがたかった。

『ところで、兵士をつれていかなくてもいいのか』

「護衛という意味なら、私より強い不届き者に襲われた時点で、兵の一人二人じゃ太《た》刀《ち》打《う》ちできないから、つけていないわ」

あっけらかんと八梛が言ってのければ、朔夜はなにも言ってこず、丸まった背でその後を追うだけだった。

「宮の近くには里が六つあるの。そこを治める長《おさ》は、私たちの一族と血のつながりをもっていたり、古くから大王の下で忠誠を誓《ちか》っていたり、まあ親戚《しんせき》みたいなものね」

道すがら、八梛は人の世に疎《うと》い朔夜に八眞土《やまと》のことをかいつまんで教えていた。

先日、八梛と見合いをした波比登《なみひと》も、里の長の息子だった。大王と縁《えん》を結ぶことで、つながりをより深く保ち続ける彼らは、他の豪族《ごうぞく》とは一線を画しているのだ。

「でも、味方にすると心強いけど、敵にするとやっかいよ」

『やっかいなのか』

「身内だからって身命を賭《と》してくれることもあれば、身内だからって身を削《けず》るよう求めてくることもあるの。もちろん、身内だから無下にはできないし、それでいちいち参っていては、何百里も先まで広がる八眞土は治まらないのだけれどね」

『八眞土はそんなに大きな国になったのか。昔は、もっと小さくて、しょっちゅう土地の奪《うば》い合いをしているときいていたんだが……』

昔って？　と口にしかけて、あわてて八椰は口をつぐんだ。

朔夜の過去について問いただすことはしないと、八椰はとり決めていた。乱暴に朔夜の心を暴《あば》いて、彼を暗い洞窟《どうくつ》の中に逆戻《ぎゃくもど》りさせたくはなかったからだ。

だが、八椰が気づかないうちに、朔夜は別のことで気分を害し始めていた。

『ところで、まだ歩くのか』

「まだよ」

春の陽気の中で半刻ほど歩いたせいか、じんわりと汗《あせ》がにじんでいる朔夜の肌の色は、さすが洞窟産三百年物といえるほど白く、日に透《す》けてしまいそうだ。

最初からこれは堪《こた》えたかと思い、道の端に適当な木陰《こかげ》を見つけて八椰は声をかける。

「ここで待っていて、水をくんでくるから」

大人しく座り込んだ朔夜を残して、八椰は手際《てぎわ》よく用意していた竹の筒《つつ》を携《たずさ》え、近くの湧水《ゆうすい》が出る場所へと向かう。

こんこんと湧き出る水は、相変わらず澄《す》んでいて、手を差し入れるとひんやりとした心地よさが広がる。

それにしばし浸《ひた》っていると、『もし』と呼びかける声がした。

「朔夜？」

彼が頭の中に直接語りかけてくる時と似た響《ひび》きだったため、八椰は彼の名を呼んだ。

だが、振り返った先の朔夜はぐったりとうなだれたままだ。それに、声の主は朔夜よりもずっと年を重ねた響きで、もっと近くから呼びかけていた。

『もし、こちらだ。人の媛よ。そなたの触《ふ》れている水面から呼びかけをしておる』

「わ！」

驚いて、手を引っ込めるが、乱された水面がどんどん盛り上がっていき、小さな人の形を作っていく。

尋常《じんじょう》ならざる光景に、八椰はひとつの予感を口にする。

「もしかして、いずれかの御神であらせられますか？」

『いかにも、そして日の女神からそなたの話は聞き及《およ》んでいる』

「え、そ、そうですか」

八栅をからかうことが趣味《しゅみ》だと公言してはばからない日女神に、どんな笑いの種に仕立て上げられたかと想像すると、帰ったら尋問《じんもん》も辞さないと八栅は心に堅《かた》く誓う。

それにしても、神の方から八栅に語りかけてくるのは珍《めずら》しいことだ。

日耶いわく、万那《まな》が安定しない八栅の側《そば》にいることは、神にとっては火山口の近くにいるようなものなのだという。いつ爆発《ばくはつ》するかわからないという恐怖があるらしい。

「私に、なにか御用《ごよう》でしょうか。どこかの川や池で淀《よど》みが起こっているとか、そういったことならすぐに父に奏上しますけど」

『いや、私が言葉を授けなければならないのはそなただ。八の媛』

「私に……？」

耐《た》えがたい恐怖をこらえてまで語りかけてくる理由がますます解《げ》せなくて八栅が首を傾《かし》げると、水の人形は腕組みをし、声音《こわね》を低くした。

『そなたとともにある闇《やみ》、あれからは一刻も早く離れるべきだ。そうでなければ、そなたの持つ光がくもってしまう』

「私とともにある、闇？」

そうして、思い浮かぶのはあのぽっかりとあいた穴のように暗い朔夜の瞳だ。だが、あえて八梛は知らないふりを決めこみ、頭を振った。

「なんのことか、わかりません」

名付けを許し、今も付き合ってくれている彼を、悪人だとは決めつけたくなかった。

だが、神の警告はなおも続く。

『知らないふりはいけない、人の媛。水はすべてを映す鏡だ。今のそなたの顔が、どんな顔なのか、ご存じか』

そして波紋《はもん》が消え失せた水面に映っていたのは、不安に揺《ゆ》れる瞳と、震《ふる》える唇だ。

『あの神がもたらした闇の残り香《が》を、私はまだ覚えている。それゆえ、こうして申しあげている』

そういえば、と八梛は日耶の話を思い出す。

二人のいさかいが八眞土《う》にもたらしたという天災、朔夜の蛮行《ばんこう》。だが、今の彼を見るかぎり、それは取り越《こ》し苦労にしか思えないのだ。すくなくとも、暴れるだけの気力はあの男には残されていない。

「今は、たしかに不安もあります。けれど、未来はわからない。そうでしょう？」

どんな反撃《はんげき》が返ってくるのか、八梛には予測もつかなかった。けれども、負けるものかと歯を食いしばり、次の言葉を待つ。

沈黙の後に返ってきた言葉は、八梛が恐《おそ》れるようなものではなかった。

『人らしい、まっすぐな言葉よ。なるほど、日女神《ひめがみ》の言うとおりかな』

好々爺然《こうこうや》としたその声は、どこか愉快《ゆかい》そうに笑っているように響いた。

『ならば、見せておくれ。人の媛、その言葉が、真《まこと》か否か』

その言葉を最後に、人の形をした水の塊《かたまり》が張《は》り詰《つ》めて、弾《はじ》けた。しかし、澄んだ雫《しずく》は八梛の衣《ころも》を濡《ぬ》らすことなく、水面へと吸い込まれていき、川の流れへと還《かえ》っていく。

まるで、白昼夢から目覚めたような心地だった。

いっそ、夢だったのだと言い聞かせた方が、まだ自分を納得《なっとく》させられそうだった。

「なん、だったの……。いったい」

身じろぎもできず呆《ほう》けたままの八梛の耳に、今度は生気に満ちた少女の声が届く。

「媛さま――――！」

今度こそ、呼びかける声は音となって耳に届いた。

八梛が音の方にぎこちなく首を巡《めぐ》らせると、道の先から小柄《こがら》な影《かげ》が向かってきているところだった。影はあっという間に八梛との距離を縮め、輪郭《りんかく》がはっきりとする段になり、八梛も破顔した。

「佐奈江《さなえ》！」

「八の媛さま――！」

八椰の胸に飛び込んできそうなほどの勢いで駆《か》け寄ってきたのは、目的の場所――志木《しき》の里に暮らす少女だ。はつらつとした笑顔がまぶしいこの十二歳の少女は、とくに気後れせず八椰に声をかけてくれるのだ。

少女の後ろには角髪《みずら》を結《ゆ》い、狩《か》りの格好をした何人かの男が続いていた。その中から、狩りの獲物《えもの》である鹿《しか》を担《かつ》ぐひときわ体の大きな男――佐奈江の父親も声を上げた。

「媛様、こんにちは。今日はどうされましたか？」

白昼夢からようやく日常に戻《もど》ってくることができたような気がして、八椰はいつも以上にほがらかな声で応《こた》えた。

「しばらく忙《いそが》しくてみんなの様子を見に来ることができなかったから、どうしているかと思って。そうだ、佐奈江。この前山で転んだ時の怪我《けが》は大丈夫だった？」

八椰が頭一つ小さい佐奈江にかがんで問いかけると、日に焼けた顔に満面の笑みを浮《う》かべて、少女は力強くうなずいた。

「うん、媛さまが薬草とってきてくれたもの。ぼたんが薬になるって知らなかった」

「ほかにもいろいろ薬草はあるのよ。私、昔から怪我ばかりだったから詳《くわ》しくてね」

「媛さま、それ全然自慢《じまん》になってない！」

「佐奈江、媛さまになんという口をきくんだ!」

仮にも大王の媛に対する娘のあけすけな物言いに父親は顔を赤くして怒鳴《どな》る。だが、肝心《かんじん》の八椰は他の姉妹とは違《ちが》い怪我ばかりだった過去を鑑《かんが》み、むしろ「佐奈江の言うとおりね」と答えようとする。

だが、ふと遠くの朔夜から物言いたげな視線を感じる。直後に、例の声が届いた。

『普通、乙女《おとめ》は怪我の多さを自慢しない……』

「わ、わかってるわよ!」

ここで繰《く》り広げられていた会話が聞こえていたのかと驚《おどろ》くと同時に、至極《しごく》まっとうなことを指摘《してき》され、八つ当たりまじりの声を八椰は遠くの朔夜にぶつけた。

だがそれを知らない佐奈江の笑顔が凍《こお》りつき、すっかり恐縮《きょうしゅく》してしまう。

「媛さま……、ごめんなさい。生意気なこと言って」

「ち、違うの。ちょっと頭の中で色々あって。ごめんね、大きな声を出したりして」

どうやら、朔夜の声が聞こえているのは自分だけだったようだ。

なんとか佐奈江の誤解を解こうとするが、まるでおかしな人のような言い分しか思い浮かばず、八椰は遠くで待つ朔夜をにらみ据《す》える。しかし、その要領を得ない答えで言いくるめられてくれた素直な少女と父親は、気を取り直して再び口を開いた。

「そうだ、今日は媛さまにお伝えしなくちゃいけないことがあったよね、父さま」

「ああ、そうだった。すこし時間をいただいてもいいですか、媛さま」

許しを乞《こ》う佐奈江の父親の表情には、明るいきざしは見えなかった。憂《うれ》えるべき事態の気配に、自然と八梛の顔もこわばる。

「ええ、もちろんよ」

「巫女《みこ》さまも、媛さまに会いたがってた。さ、行こう！」

はりきる佐奈江に八梛は手を引かれるが、遠くで待つ者を思い出して、声を上げた。

「待って、今日は連れがいてその人も一緒《いっしょ》に行くの」

いつもはひとりで気楽に里を訪れる八梛が、遠くの木陰で休んでいる男を指差したことで、佐奈江と男たちの好奇《こうき》の目が一点へと注がれる。

「衛士《えじ》の方ですか？」

男の一人が口を開くと、待っていたと言わんばかりにほかの者からも声が上がる。

「それにしては、格好が身軽だ。鎧《よろい》もつけていないし、角髪も結っていないぞ」

「だが、面構《つらがま》えはどこかの豪族《ごうぞく》の坊っちゃんみたいだな」

「それに、媛さまに護衛がいるか？　この前だって、猪《いのしし》相手に大立ち回りしたんだろう」

「あ、あれは……」

苦い思い出になってしまった見合いが話題になり、八梛はあいまいな笑みを浮かべる。だが、そんなことはお構いなしに、男たちは口々に称賛《しょうさん》する。

「さすが、我らが媛さまだ！　土蜘蛛《つちぐも》でも敵《かな》いやしない！」

「よ、八眞土一！」

はやしたてられると、内容はともかく八梛もついうれしくなってしまう。

「えへへ、そう言われると、照れるな」

しかし、八梛は背後に突《つ》き刺《さ》さる冷たい視線を感じ、同時に脳裏《のうり》に声が響いてくる。

『普通、乙女は見合いに来た男を放《ほう》っておいて、ほかの男と話し込んだりはしない』

朔夜からの指導が入る。確かに、今日は朔夜を見合い相手として扱《あつか》うと言っていたが、これではそろそろ機嫌を損ねて破談を言いだされる頃合《ころあ》いだろう。

「と、とにかく、あの人を呼んでくるわ！」

男たちをひとまず待たせ、八梛は朔夜の休んでいるところまで一目散《いちもくさん》に駆けた。

「はい、待たせてごめんなさい。もう少し歩くことになるけど、これを飲んだらまた一緒に頑張《がんば》りましょう」

そして、水で満たされた筒《つつ》を朔夜の頬《ほお》につけてやる。せっかくの白い肌が日焼けしてしまったかもしれない。

「ごめんなさい」

申し訳なく思っていることがきちんと朔夜に伝わるように、八椰は頭を下げた。

さっそく朔夜の機嫌を損ねてしまった。やはり自分は恋をすることに向いていないのではないかという不安が頭をかすめる。

『べつに、いい。どうせ俺は練習台だ』

「けれど、やっぱり一緒にいるからには嫌《いや》な思いをさせたくないの。たとえかりそめであっても、今日の私は朔夜の見合い相手だから」

肩をすくめた朔夜は、ようやくこわばっていた表情を解いてくれた。そして、竹筒に口をつけて喉《のど》をうるおし、一息ついてから小さなつぶやきが届く。

『民《たみ》に好かれているのは、よいことだと思う。それと、こういう優しいところも、いいと思う』

そっけない口調で語られた意味を理解しかねてしばらく八椰は固まるが、やがて投げかけられたのが褒《ほ》め言葉だとわかると、なぜか急に顔に熱が宿る。

そういえば、これまでの見合い相手は、八椰の見た目をほめそやすことはあっても、優しいとか気が利くだとか、そういったことを言ってくれたことは一度もなかった。

慣れない文句に、ふと浮き立った心が、一首の歌を八椰に思い起こさせた。

「遠くあれば　姿は見えず　常のごと　妹が笑まひは　面影《おもかげ》にして」

八椰が口ずさんだ言葉を耳にし、朔夜はあからさまに困惑《こんわく》していた。

『なんだ、それは』

「古い言い伝えなのだけれどね、今から行く里で暮らしていた美千琉《みちる》という娘が八つも首がある大蛇《だいじゃ》に生《い》け贄《にえ》に差し出されそうになった時、神が助けてくれて、お礼に娘は神の妻となったの。その娘が、良人《おっと》である神にあなたがいなくて寂《さび》しかったけれど、あなたの笑顔を思いだせば頑張れるって伝えた歌よ。私がいなくて寂しかった？」

恋人を気取りいたずら半分に言ってみたのだが、返ってきたのは冷淡《れいたん》な答えだった。

『もう少しで里なんだろう。早く』

さきほどの褒め言葉の余韻《よいん》など微塵《みじん》も感じさせない平坦《へいたん》な抑揚《よくよう》で言い残し、朔夜は一足先に佐奈江たちの所へと向かう。

取り残された八椰は、朔夜の冷淡なふるまいに、まるで冷や水を浴びせられたような心地《ここち》がして、丸まった朔夜の背を猛然《もうぜん》と追い越した。

それから一刻の後、不機嫌《ふきげん》さに磨《みが》きをかけた朔夜の声が、八椰の頭に響《ひび》いた。

『これが、媛君《ひめぎみ》の仕事なのか？』

「ええ、さきほど聞いた話だと、志木の里の中にある豊饒《ほうじょう》を願う御舎《みあらか》が壊《こわ》されていたそうなの。山の上には土地を守る別の御舎もあって、そちらも確かめたいけれど里の巫女は高齢《こうれい》で山の頂まで登れない。だけど斎庭《ゆにわ》を神職に就《つ》く者以外が見るのは気が引けるから、私に無事か確かめてもらいたい、とのことよ。媛君にぴったりの仕事でしょう？」

あっけらかんと言い放つと、朔夜はそれきり声をあげることをやめてしまう。

志木の里の北側に位置する山は緑が深く道は急だ。狩りの獲物が減らないよう、必要以上には人の手が加えられていないのだ。それゆえ、恵《めぐ》み多き山は歩き続ける八椰の体力を容赦《ようしゃ》なく奪《うば》い、汗《あせ》も流れる。だが、頼まれた以上は無下に断りたくはなかった。

「時々熊《くま》や猪も出るのよ。だから、やっぱり私が確認した方がいいの」

なんとか分かってもらいたくて八椰が説こうとすると、朔夜は質問の趣旨《しゅし》を変えた。

『もしかして、あの娘や男たちだけが八椰の怪力《かいりき》のことを知っていて、それで怪力のことを口止めする代わりに、こうやってこき使われているのか』

「口止め？」

予想もしない朔夜の言葉に、はずんでいた八梛の息が収まり、次《つ》いで笑いが弾けた。

自分の推測を笑い飛ばされたことが納得《なっとく》できないのか、朔夜はさらに言いつのった。

『さっき言っていただろう、身内は敵に回すと厄介《やっかい》だと』

「そうね。だけれど、少なくともあの人たちは敵ではないし、これは私が好きでやっていることよ。怪力については、たぶん里の人はみんな知ってるのではないかしら」

震《ふる》える肩と笑いをようやく収めた八梛が答えたところで会話が途切《とぎ》れてしまう。今度は、朔夜が言葉に詰《つ》まる番のようだ。

だが、何を言いたいのか、八梛はなんとなく分かってしまう。

媛君が、なぜ汗を流し働くのか。今まで何度となく八梛に投げかけられた問いだ。

「もちろん、最初はやっぱりこの怪力を怖《こわ》がられたの。昨日も言ったけれど、昔はうまく力の加減をできなかったから」

耳を澄《す》ませると、木々の葉がすれあう音に混じり、八梛の内で遠い声がよみがえる。

ほら、あの媛さまよ……。尋常《じんじょう》ではない怪力なのだって。

逆らったら殺されるわ、怖ぁい。

今でも、同じ年頃の少女たちは八梛を遠巻きに見る。寄ってきてくれるのは佐奈江のようなすこし歳下の子か、それなりに年を重ねた者たちばかりだ。

「けれどね、考えを変えることにしたの。この力は私を選んで、降りてきてくれたものなのだって。もちろん、力のせいでお見合いに失敗したときは嫌だと思ったし、日耶に愚痴《ぐち》を言うこともあるわ。けれども、失敗したり、誰かに嫌《きら》われたりすることを恐《おそ》れて昔のように部屋にこもりたくはないの。それでは、だめ？」

　今だって、時々力の加減を失敗することはある。怪我《けが》も一度や二度ではないし、姉から譲《ゆず》り受けた服を駄目《だめ》にすることもある。

　けれども、力を使うことで得るものの方がずっと多い。

『八椰のその性質――尋常ではない力にも、理由があると？』

「ええ。それに宮は少し窮屈《きゅうくつ》だわ。九華の着ている真新しい服と一緒で、見ている分にはいいのだけれど、私が着るとなると、傷をつけないか、汚《よご》さないか、気が気ではないの。だから、こうやって姉さまたちのおさがりを着て外に出て、人の話を聞いて、いっぱい働いて一日を終える方が私は好き。それに、媛君も九人いればありがたみがなくなるもの。一人くらい変わり種がいたって、きっと誰も気にとめないわ」

　朔夜からの答えはない。呆《あき》れられたのだろうかと気弱な面が顔を出し、言い訳のようにつけ加えた。

「まあ、こんな生活も誰かの元に嫁《とつ》いだら終わってしまうけれどね」

妻は良人に従うもの。そう朔夜が思っているのだとしたら、おそらく八梛のようなはねっかえりは好ましくないはずだ。

だが、ふいに朔夜の問いかけが届く。

『どうして、そこまで結婚にこだわる』

「どうしたの、いきなり」

『教えてくれ』

こうして朔夜の方から強い調子で問いかけられることは初めてだ。

だからなのか、それとも知らないうちに神の言霊《ことだま》の力がわずかでも働いていたのか、八梛はなぜか朔夜に隠しだてできず、歩みを止めてぽつぽつと語り始めた。

「私には、姉が七人いるの。みんな嫁いでいってしまって、家族をもっていて、時々帰ってきては話をしてくれるのだけれど、とっても幸せそうで」

八梛の脳裏に浮《う》かぶのは、良人のささやかな愚痴や婚家《こんか》での悩《なや》みを披露《ひろう》しつつも、良人や家族をいたわることを忘れない彼女たちの姿だった。

八梛は憧《あこが》れて、焦《こ》がれた。姉たちのようになりたいと。恋慕《こいした》う相手が欲しいと。

「私も、そうやって誰かと恋をして、子を産み育て、生きていくのが正しいと思うの」

『怖くはないのか』

「怖い？　むしろ、家族ができれば、楽しくて、うれしくて、きっと幸せになれるわ」

なにが怖いのだろうと八槻は首を傾《かし》げるが、朔夜の問いかけはなおも続く。

『幸せにしてもらえると信じた相手に裏切られたらどうする。そして、八槻はその男がいなくなってしまったら、幸せではいられなくなるということか』

「不吉《ふきつ》なこと言わないでよ！」

『だが、事実だ。結婚をすれば、幸せになれる。それはきっと無責任な願いだ』

甘い夢を無残に打ち砕《くだ》かれ、なんとか返す言葉を見つけようと八槻は躍起《やっき》になるが、再び朔夜からの言葉が届く。

『それに、誰かのために動くことができるのなら、むしろ女王としてやっていった方がいいんじゃないのか』

思いがけない言葉だった。八槻が言葉を失ってしまうほどに。

しばし、沈黙が二人の間に降る。

朔夜もそれ以上何も言わず、八槻は何度か口を空回らせた後に、短く答えた。

「無理よ」

『だが』

「無理なものは無理なの。だから、この話はおしまい」

少し急《せ》いた余裕《よゆう》のない口調を後悔《こうかい》した八梛の背後で、がさごそと茂《しげ》みがざわめく。同時に刺《さ》すような視線を感じ、八梛も朔夜も身構える。熊か、狼《おおかみ》か。どちらにせよ、この話はいったん打ち切りだ。

しかし、現れた小柄《こがら》な影《かげ》を見るなり、八梛の中で強烈《きょうれつ》な印象が呼び起こされた。一目見ただけで、深く印象づけられる存在感を持った少女――沙霧《さきり》だった。葉にまみれながら駆《か》け寄ってくる姿に、八梛は驚《おどろ》きを隠《かく》せない。

「あなた、あの時の……。お父様とお母様はどうしたの？」

「ここにいるから、きた」

「ここって、志木の里？　だったら、早く里に戻《もど》りなさい。もう、山の頂上近くまでくるなんて、とんだおてんばね」

自分のことを棚《たな》に上げている八梛は、眉根《まゆね》を寄せて沙霧についた枝葉を払《はら》ってやる。その最中、少女の手からこぼれる色彩《しきさい》に気づき、八梛の眉間《みけん》のしわが深まる。

「沙霧、その手はどうしたの！」

沙霧のちいさな手は、べったりと血で濡《ぬ》れていた。傷口はまだ生々しく、その隙間《すきま》から赤い滴《しずく》が際限なくあふれているのだ。

「朔夜、さっきの水は余っている？」

すぐに差し出された竹の筒《つつ》の口を開けて、八梛は水で傷口を洗い流す。続いて、袖《そで》の端を口にくわえると、ためらうことなく一気に引き裂《さ》き、細い布を作りだす。血が止まるようにしっかりとそれを少女の手に巻きつけて、八梛は一息つく。

「後で、清潔な布に取り替《か》えましょう。この傷はどうしたの？　転んでしまったの？」

沙霧は首を横に振《ふ》った。

「では、獣に襲《おそ》われたの？」

またしても、沙霧は首を横に振った。答えが得られず困り果てるしかない八梛の前で、ぽってりとした桃色の唇が紡《つむ》いだのは、たどたどしい幼い響きだった。

「つちのにおいのするひとたち、きた。ゆにわ、よごすため」

「つちのにおい？　その人たちが沙霧を傷つけたの？」

ややためらいがあった後、沙霧は首を縦に振った。

そこで、八梛はすっと立ち上がる。表情はすっかり失われていて、だのに瞳には鋭い光が宿っていた。だが、駆けだそうとした刹那《せつな》、腕を朔夜に取られてしまい、八梛は一歩を踏《ふ》み出せずに前のめりになる。

「放して！」

『待て、どこに行くつもりだ』

「沙霧にこんなことをされて、だまって帰すわけにはいかないわ。それに、沙霧は斎庭を汚すと言った。きっと、山頂の御舎のことよ」

だが、朔夜はまだ八梛を解放してはくれなかった。

『神を貶《おとし》めるような真似《まね》に、土の匂《にお》いなら敵はおそらく土蜘蛛《つちぐも》だ。それに、娘の傷口を見ただろう。あれは刃物《はもの》で切った傷口だ。死にたいのか』

「土蜘蛛？　だったら、なおさら早く行かないと！」

気色ばむ八梛だったが、今度は沙霧が留める。ぎゅっと衣《ころも》の端を握《にぎ》られてしまえば、八梛も駆けだしたい気持ちをぐっと抑《おさ》えつけられてしまった。

「沙霧、あなたは戻っていなさい。ここには土蜘蛛がいるのよ」

しかし、沙霧は八梛の服をつかんで放してはくれなかった。

「さきりも、ともにゆく」

ぽつりとこぼれた言葉の頼《たよ》りなさで、ようやく八梛は思い至る。どこから土蜘蛛が出てくるかわからない状況で、こんな幼子一人を歩かせる方がよほど危険だ。

「わかった、沙霧。離れてはだめよ」

　そして伸ばそうとした八棚の手が、沙霧の手を取ることはなかった。朔夜が沙霧の小さな体を抱《だ》き上げたからだ。

『どうせ、止めたって聞かないんだろう。俺は、八棚よりは力がある』

　沙霧は抵抗《ていこう》することもなく、朔夜の肩に収まる。まるで丸太を担《かつ》ぎ上げる時のようで決して優しい運び方とは言えないが、当の沙霧は大人しくしている。

「ありがとう、朔夜。さあ、行きましょう」

　八棚が先導し、山頂までの足を速める。

　徐々《じょじょ》に日の光が強くなっていく。空が近くなったからだ。そして、木々の密度が薄くなり、もうすぐ森が開ける。そこに奴《やつ》らはいるはずだ。

「みつけた」

　振り上げた剣《けん》で今にも御舎《みあらか》を打ち壊《こわ》そうとしている二人の背に、八棚は告げた。

　身にまとう衣も、頭に巻きつけられた布も、なにもかもが黒ずくめだ。身の丈《たけ》や体格から男であることはわかるが、目元以外は見えず、顔も検分できない。だが、わずかな隙間からのぞく目元は鋭く、彼らの敵意を雄弁《ゆうべん》に語っていた。

　男のものとおぼしき叫《さけ》び声が山頂にとどろく。

「────！」

初めて耳にする、なんとも形容しがたい不思議な響《ひび》きだった。それが彼らの言葉だと理解するよりも早く、二つの影は飛びかかってくる。

朔夜の制止の声が聞こえたような気がした。

恐《おそ》れを感じなかったといえば、嘘《うそ》になる。けれども、媛《ひめ》たる意識が八棚を戦いにかりたて、踏み出した足は止まれなかった。剣による一薙《な》ぎをかわすと、体勢を立て直し、裳《も》がめくれ上がってひざまで見えるのもかまわず蹴りを繰《く》り出す。

しかし、動きは見切られていたようで、あちらも間一髪《かんいっぱつ》で攻撃をいなす。

その隙《すき》に、もう一人の男が八棚に狙《ねら》いを定めてくる。二人相手で意識が散った八棚は一撃目《いちげきめ》ほどうまくはかわせず、前方から剣の切っ先が伸びてくる光景をとらえる。

あ、やられる。

しかし、覚悟《かくご》した痛みは感じなかった。

朔夜がいつの間にか手にしていた一振りの剣で切っ先をそらし、男の腹に蹴りをくらわせたからだ。呆然《ぼうぜん》とその流れを見ていた八棚に、叱責《しっせき》がぶつけられた。

『普通、丸腰《まるごし》の乙女《おとめ》は敵に真っ向から向かっていかない』

朔夜の声で、すっかり頭に血が上りきっていた八棚は冷静さを取り戻す。

「だったら、どうすればいいの」

『なんのために、俺に名をつけたんだ。呼ばれない名に意味はない』

はっと、気づかされる。ひとりではない。それは、なにも八梛が朔夜に寄りそうだけではない。朔夜も、八梛に力を貸してくれるのだ。

自分の言葉に特別な力があるとは思えない。けれども、八梛は心の底から願った。

「八梛が、かしこみもうします。どうか、私と一緒《いっしょ》に戦って。朔夜」

『あいわかった』

朔夜の深い色の瞳が、不思議な光を帯びる。漆黒《しっこく》に浮《う》かぶ金色の満月にも似たその色に、八梛は見惚《みと》れそうになって己《おのれ》を叱咤《しった》した。

だが、不利を悟《さと》ったのか、敵は首を巡《めぐ》らせ互《たが》いに目配せをしたかと思うと、踵《きびす》を返し、八梛たちが上ってきた坂とは反対の方に駆け降りていく。そこは悪路というよりももはや道なき道しかない。だのに、驚くほどの速さで二つの影は下り、あっと言う間に木々にまぎれて見えなくなってしまった。

深追いするよりも、御舎の無事を確認することを選んだ八梛は、今の状況を認めるなり、表情をゆがめた。

「ひどい、御魂代《みたましろ》が……」

小さな御舎の中に安置されているはずの御魂代の剣がさらされている。

それだけではない。故意でなければ説明が付かないほど御魂代は泥《どろ》まみれになっており、一緒に供えられていたはずの榊《さかき》の葉も放《ほう》り出され、踏みつけられた跡《あと》があった。

「御魂代をさらすなんて、さすが土蜘蛛はこんな野蛮《やばん》なこともできるのね」

『だが、まだ荒《あ》らされてから日は浅い。今日にでも祀《まつ》り直したら、正しく恵《めぐ》みを受けられる。さいわい、この御舎に祀られている産土神《うぶすながみ》はおおらかな方だ』

「知っているの？」

『ああ、古いなじみだ』

端的《たんてき》だが朔夜の声には信頼《しんらい》できる深みが宿っていて、八栁は安堵《あんど》することができた。

「よかった」

『よくはない。いくら怪力《かいりき》があるとはいえ、なぜ得物《えもの》を持った相手に向かっていった』

急に、朔夜の口調が厳しいものに変わる。それは、彼を岩屋から引っ張りだすためにだまし討ちをした時とよく似ていて、怒《いか》りが痛いくらいに伝わってくる。

「でも、あのままだったら御舎まで壊されてしまっていたわ」

『先ほども言ったが、もう一度言う。八栁、普通の乙女はあんな風に敵に真っ向から向かっていかない。これではただの阿呆《あほ》だ』

言われ慣れない言葉に、一瞬自分が何を言われたかわからず、八梛は何度か瞬《まばた》きをする。しかし、侮辱《ぶじょく》されたと理解するに至り、口元を引きつらせて八梛は問いかける。

「あ、なた……、今、私のことを阿呆と言った？」

『阿呆を阿呆と言ってなにが悪い。このままでは、本当に嫁のもらい手がいなくなる』

「そんなことくらい、わかっているわ！　悪かったわね、阿呆で野蛮で！」

売り言葉に買い言葉で、子どもじみた答えを八梛は返してしまう。

そうして、激情にまかせて身を翻《ひるがえ》し、来た道を引き返そうとした刹那、強引《ごういん》に朔夜が八梛の肩をつかむ。だが、怒りが収まっていない八梛はつっけんどんに言い放った。

「まだなにか言いたいことがあるの？」

すっと、長く形の整った指が八梛の足元を指差す。

『八梛、足元』

声と指に導かれ、下に顔を向けた八梛は、木立が揺《ゆ》らぐほどの声量で叫んだ。

「ぎゃあああああ！　蛇《へび》ぃぃぃぃぃ！」

跳《と》びはね、あっという間に蛇のいる場所から退くが、今度は腰を抜《ぬ》かしてしまい、やにわに倒れ込む。その拍子《ひょうし》に額と鼻をすりむくが、痛みよりも恐怖が勝《まさ》り、もがいて必死に蛇から遠ざかろうと試みる。

朔夜が駆《か》け寄ってても、八椰は落ち着くどころか混乱が深まっていく。

「わっ、わた、わたっし、へへへ蛇、蛇、だけは駄目《だめ》なの！」

『見ればわかる』

「お願い、側《そば》にいて、離れないで……」

八椰は、ぎゅっと朔夜の袖《そで》をつかむ。その力の強さで、どれだけ恐怖を感じているかを察してほしかったが、朔夜はため息をついた後に耳を疑うような言葉を告げる。

『放してくれ』

「ひ、人でなしぃぃぃぃぃ！」

『俺は元々人ではない。それと、このままでは蛇をよそにやれない』

「蛇、つかめるの？」

うなずいた朔夜を信じるしかない八椰は、こわごわと握りしめていた拳《こぶし》から力を抜く。すると、解放された朔夜は大股《おおまた》で蛇に歩み寄り、素手で蛇の頭と腹のあたりをつかみ、藪《やぶ》の中へと放り込んでしまった。

茂《しげ》みがざわめき、その音の行方《ゆくえ》をたどってから、朔夜は八椰に声をかけてくる。

『いなくなった』

その声を受けてもなお、八椰は起き上がることができない。きっと、魂《たましい》を奪《うば》われたらこんな状態になるに違《ちが》いないと、まとまらない頭の片隅《かたすみ》で考える。

『土蜘蛛《つちぐも》は怖《こわ》くないくせに、蛇は怖いのか』

「昔から、蛇を見ると頭が真っ白になるの。足も動かなくなって逃げることもできなくて」

こればかりは仕方がない。今とて、自力で立ち上がれないほど全身が震《ふる》えている。まだらの鱗《うろこ》に覆《おお》われた細長い体を瞼《まぶた》の裏に思い描《えが》くだけで、鮮明《せんめい》に恐れがよみがえってくるのだ。

「変よね。こんな馬鹿《ばか》みたいに力はあるのに、あんなに細い蛇一匹《ぴき》が怖いなんて」

みっともないところをみせてしまったと自嘲《じちょう》気味な笑いを浮かべる八椰だったが、朔夜は肯定したりはせず、おもむろにしゃがみ込んだ。

そして珍《めずら》しく目線を合わせてくれた朔夜は、静かな声で告げた。

『誰だって、嫌《きら》いなものくらいある』

「変だと思わない？」

『思わない。それに、八椰は乙女だ』

さっきは普通の乙女ではないと連呼したくせにと腹立たしく思うが、一方で神妙《しんみょう》な顔つきで言われてしまえば、すとんとそれは心に落ちた。

怒《おこ》ったり、うれしかったり、安心したり、朔夜と一緒にいると八椥の心は忙《いそが》しい。

「ふふ、ありがとう。久しぶりかもしれない、そんなこと言われたの」

震えがようやく収まった八椥に、朔夜は手を伸《の》べてくれる。「ありがとう」と礼を述べて、八椥は厚意に甘えることにした。

そっと立ち上がり、手を離そうとすると、もう一方の朔夜の手が八椥の手になにかを握《にぎ》らせた。突如《とつじょ》生じたひんやりとして硬い感触《かんしょく》に、八椥は瞠目《どうもく》し、手の中をまじまじと見る。そこに収まっていたのは、淡い乳白色――月の色をした勾玉《まがたま》だった。

「これは、勾玉でしょう？」

『八椥を蛇から守ってくれる。肌身《はだみ》離さず持っているといい』

「でも、大切なものではないの？」

朔夜の神気を受けた貴重なものを、こんなにもあっさりと受け取ってしまっていいのかと八椥は戸惑《とまど》うが、『いいんだ』と言われれば拒《こば》む方が不義理なように思えた。

「ありがとう。朔夜がくれたもの、大切にするわ」

胸元から手ぬぐいを出し、勾玉を丁寧《ていねい》に包み込む。神の力が宿るものだからではない。朔夜が八梛のことを思ってくれたことが、純粋《じゅんすい》にうれしかったからだ。

「今日は、一日ありがとう。また、明日も一緒にいてくれる？」

上目づかいに八梛が問えば、わずかに目線をそらされる。

『好きにすればいい』

それは、ひどく遠回しな肯定《こうてい》の言葉だった。けれども、言葉よりも響きはずっと優しくて、たしかに八梛の心に明かりを灯《とも》した。

昨日より今日は近づけた。

明日はもっと近付ければいい。

この時朔夜が灯したものの名を八梛が知るのは、もっと後のことだった。

「さあ、朔夜が御舎《みあらか》の祀り直し方を教えてくれるのなら、早めに直した方がいいわね。父上に奏上して、宮から人手も借りましょう」

下山に向けて一歩踏《ふ》み出した八梛だったが、なにかが足りないと気づく。

「そういえば、沙霧はどこに？」

『先ほど、隠《かく》れるように言いつけておいたのだが……』

「沙霧――！　もう出てきていいわよ――！」

八梛は慌《あわ》てて名を呼ぶが、沙霧は呼びかけに応《こた》えるどころか、姿すら現そうとしない。

まさか、あの男たちにさらわれたのだろうか。最悪の事態に思い至った二人は、上りよりもはるかに迅速《じんそく》に山を下り、志木の里に下りて沙霧の両親を探した。

だが、不思議なことに、どの者も「そんな名の娘、見たこともない」と答えるばかりで、両親も名乗り出ることはなかった。

結局、夕刻を迎《むか》え、あきらめるしかない八梛は重い足取りで家路に就《つ》いた。

突如現れた土蜘蛛、消えた少女、この二つの気がかりはその後もずっと八梛の心に引っかかり続けることとなった。

三章

八椰《やなぎ》が朔夜《さくや》と出会い、ふた月が過ぎた。季節は、いつの間にか春が過ぎて夏だ。

相変わらず、ぽつぽつ訪れる見合いの話はすべてだめになっている。

そんな中、八椰は気晴らしにと朔夜を伴《ともな》って友人の元を訪れていた。

「媛《ひめ》さま、そっちに行ったよ！　けっこう大物！」

「まかせて！」

川に足をひたし、八椰と佐奈江《さなえ》は光を弾《はじ》く水流に手を割り込んでいく。二人はそれなりに魚とりに関しては自信があったのだが、今日はもうひとり頼《たの》もしい味方がいた。

「朔夜！　足元に行った鮎《あゆ》は頼んだわ！」

二人よりも少し離れた所には朔夜が突っ立っていた。そして、無駄《むだ》のない動きで次々と鮎をつかんでは、竹かごに放《ほう》りこんでいく。

あらかた魚の影《かげ》が見えなくなる頃合《ころあ》いに、川べりに上がって今日の成果を確認した八椰と佐奈江は笑顔を交《か》わした。

「こんなに獲《と》れたら、里のみんな分あるかもしれないわね」

「それでも余るかもしれないよ。御舎にもお供えしないと。里の御舎と山の御舎と、それから美千琉《みちる》媛の御舎にも」

指折り数えていく佐奈江の横顔を、珍しく朔夜が凝視《ぎょうし》していた。そして、八栁にだけ聞える声で、ぼそりと呟《つぶや》いた。

『……その美千琉という娘は人間なのに神という扱《あつか》いなのか？』

以前、一度話に出しただけなのによく覚えていたなと感心すると同時に、八栁はごく自然な形で朔夜の考えを佐奈江に伝えてやる。声を発さない朔夜のことは、病《やまい》が元で声を失ったと里の者たちに説明していた。

「朔夜は、美千琉媛の御舎を見たことがないから知らなかったみたい」

「そうなの？　あのね、美千琉媛は人なのに神様みたいな強い万那《まな》を持っていたんだって。里や山の御舎は実りや里の安全を願うものだけど、美千琉媛の御舎には縁結《えんむす》びをお願いする女の子がよく行くんだよ」

佐奈江の説明を受けてもなお納得《なっとく》がいかないのか、朔夜は顔をしかめたままだった。だが、それ以上は八栁にすらなにも伝えてくることはなかった。

そして、次は佐奈江が朔夜に疑問をぶつける番だった。

「それにしても朔夜はすごいね。どうしてこんなに鮎を獲るのが上手なの？」

「ええっと、それは……」

　神は基本的に体のつくりが人とは違うようだった。以前、土蜘蛛に襲《おそ》われた時も朔夜に助けられたが、感覚も力も八椰よりはるかに優《すぐ》れていることは明らかだった。

「朔夜は、護衛だからね。宮に仕えるにはこれくらいにならないといけないのよ」

　いくら朔夜が神であることを伝えにくいとはいえ、出来の悪い言い訳だ。

　だいたい、宮の兵たちが皆朔夜ほど身体能力に恵《めぐ》まれているのならば、土蜘蛛など敵ではないだろうと考えたところで、八椰の中でひとつ懸念《けねん》だったことが呼び起こされる。

「ねえ、佐奈江。やっぱり、沙霧《さきり》という名の娘は見つかっていないのよね」

「うん、父さまも気にして他の里でも聞いたみたい。けど、だれも知らないって」

「そう……。もし、なにかわかったら教えてちょうだい」

　宮でも沙霧という少女を知る者はいないか親しい侍女《じじょ》を通して聞き回ってもらったのだが、こちらの成果はまったくだった。

　自然と気落ちして、重苦しい空気がのしかかるところへ、ふいに粗雑《ぞざつ》な男の声が降る。

「おい、志木《しき》の里はどこか教えろ」

命令めいた口調に八梛が怪訝《けげん》な表情で振《ふ》り返ると、そこには男の三人連れがいた。三人とも、身を包む衣《ころも》はぼろぼろで、汚《よご》れている。旅人といったところだろうか。声をかけてきたのはその中でもまだ年若い、二十を超《こ》えたくらいの青年だった。日に焼けた精悍《せいかん》な面差《おもざ》しは粗削《あらけず》りで、胸板も厚く、肩幅《かたはば》もとても広い。

整った面差しとすらりとした体軀《たいく》の朔夜とは対照的だ。

そして、八梛が男に対して抱《いだ》いた感情も、朔夜に対するものと正反対だった。

「志木の里は、そこの道の端にある塚《つか》をたどれば着くわ。けど、騒《さわ》ぎは起こさないでちょうだいね」

志木の里はおおらかな者が多く、旅人を粗雑に扱うこともない。だが、このあまり礼儀《れいぎ》正《ただ》しいとはいえない者たちに、つい八梛の言葉もつっけんどんになってしまう。

それに反応したのは、青年の後ろに控《ひか》えていた年かさの二人の男だった。

「なんだと！　生意気な口をききやがって」

「そこらの娘にしては小綺麗《こぎれい》だから若が声をかけてやったってのに、調子に乗るなよ！」

そして、本気ではなく脅《おど》しのためだろうが腰に下げていた剣《けん》を抜《ぬ》きだす。質の良い剣なのだろう。日の下で白刃《はくじん》は神々《こうごう》しいほどの光を放っていた。

身をすくませる佐奈江を背後にかばい、八梛は眉間《みけん》の皺《しわ》を深める。こうして、人々に交じっていると性質の悪い者に絡《から》まれることもなくはなかった。だが、最近は朔夜を伴うようになっていたから八梛は久しくこういう目にあってはいなかった。

さて、どう追い払《はら》おうかと思案する頭に、朔夜の声が響《ひび》く。

『八梛、だめだ』

「大丈夫よ、佐奈江を巻きこむような真似《まね》はしない」

朔夜の声は八梛にしか聞こえないため、男たちにはおそらく佐奈江に向けた言葉のように聞こえるはずだ。そして、深く息を吐《は》き出し、八梛は気を鎮《しず》めた。

「あなたたちを悪人扱いしたことを謝るわ。ごめんなさい」

殊勝《しゆしよう》にふるまってみせるが、そこで自分たちが格上だと思い違《ちが》いをした男二人は、弱い者をいたぶるような笑いを浮《う》かべ、八梛に両脇《りようわき》からずいと迫《せま》る。

「じゃあ、詫《わ》びくらいしてくれんだろうな」

「俺たちは長旅で疲れてんだよ」

そうして男の一人が八梛の手をつかもうとすると、朔夜がすばやく間に入りこみ、左側の男の手をひねり上げる。

「てめぇ！　ぶった斬《ぎ》ってやる！」

憤怒《ふんぬ》にまかせて剣を振りかざした右側の男を止めたのは、成り行きをおもしろそうに見守っているだけだった青年だ。

「おいやめろ。乙女《おとめ》が素直に謝ってんのに、ここで折れなかったら俺たちはただの屑《くず》に成り下がるぞ。俺の面子《めんつ》をつぶしてくれるな」

青年の言葉に、男たちは悔《くや》しげに表情をゆがめた。しかし、朔夜に縛められていた男は、つかまれていた手を振り払《はら》い、剣を振り上げた男は刀身を収めて身を引く。

いさかいの終わりを見届けて、さらに若い男は命令を重ねた。

「先に行ってろ。俺も後から行く」

犬でも追い払うように青年が手の平を前後させると、男二人は物言いたげな視線を残しつつも渋々《しぶしぶ》去っていった。そして十分に距離があいてから、青年は口を開いた。

「俺は蔵麻《くらま》。砂鉄の仕入れをしていて、西から来たんだ」

砂鉄は鉄を作るには欠かせないものだ。そして、西には製鉄のための大規模なタタラ場があるということも聞き知っている八梛は納得がいった。こんなところにまで仕入れに来るのなら、よほど製鉄に力を入れているのだろう。

「それでさっきの剣はあんなに見事な輝《かがや》きをしていたのね。もちろん、腕も良いのだろうけど、あんなに軽々しく脅しに使われたのでは、剣が泣くでしょうね」

不快さを隠《かく》さず、八槻はまっすぐに男に言葉をぶつけた。

乙女らしからぬ物言いに、一瞬《いっしゅん》蔵麻は面食らったようだったが、やがておもしろげに口の端《はし》をつり上げる。

「さっきの無礼は謝る。あんたが思った以上に麗《うるわ》しくておどろいたんだよ」

男の告げた内容を素直に受け取れば、それはうれしいだけだったはずだ。しかし、その言葉の裏にある、どこか侮《あなど》るような色に八槻の瞳が閃《ひらめ》いた。

「うれしい言葉をありがとう。でも、気をつけてね。敵だとみなしたら、喉元《のどもと》に食らいつくかもしれないから」

「しかと心にとめておこう。それじゃあ、またな。お嬢《じょう》さん」

蔵麻の言葉に、反省の色は見えない。

そして、気が晴れないまま、八槻と朔夜、佐奈江はその大きな背が遠のいていくのを見送ったのだった。

『くえない男だ』

にらみ据《す》える眼力をゆるめず、朔夜はつぶやいた。

「たいした胆力《たんりょく》よ。完璧《かんぺき》に面白がっていたわ」

先ほども、止めようと思えば朔夜が仲間を痛めつける前に止めることができたはずだ。しかし、こちらの反応を見るために、蔵麻はわざと口を出さずにいたのだ。

警戒心《けいかいしん》を抱かずにいられないのは、八梛と朔夜だけではなかった。後ろから成り行きをじっと見ていた佐奈江も、表情に暗い影を落としている。

「私、なんだか怖《こわ》くなってきた……。父さんに先に知らせた方がいいのかな」

「今からひとりで行っても、あいつらを追い越さなきゃいけないでしょう」

「狩り用の秘密の抜け道があって、そこを行けばうんと早く着くの。媛さま、やっぱり私先に行くね！」

あっという間に草むらへと分け入ってしまった佐奈江を、苦笑《くしょう》して八梛は見送った。

だが、その背にどこかおもしろくなさそうな朔夜の声が届く。

『ああいう男が好みなのか』

「どうしたの、急に」

『あの男と対峙《たいじ》しているときの八梛は、面白がっていた。それに、麗しいと褒《ほ》められて悪い気はしなかっただろう』

いったい、どんな視点から見れば面白がっていたように見えたのかと八梛は訳がわからなくなるが、朔夜と出会った夜を思い出す。そういえば、朔夜には初対面であるにもかかわらず煮るだの焼くだの、あるいは辛気臭《しんきくさ》いと言い放ったような気もする。

「もしかして、あの人が自分よりもけなされなかったから、妬《や》いているの？」

まさかと思いつつも八梛がのぞきこむようにして問えば、苦虫をかみつぶしたような表情の朔夜を拝むことができた。

『違う。それよりも今日は宴《うたげ》なんだろう。これを里に届けてさっさと帰るぞ』

唇を引き結んだまま吐き捨てるように答えて、魚籠《びく》を担《かつ》ぎ上げた朔夜は、長い足を存分に使って先を行ってしまった。


今日の宴の名目は、月見だ。各々《おのおの》が盃《さかずき》を持ち、車座になるというごく略式の宴のため、皆くつろいだ雰囲気《ふんいき》だ。

「あの殿方《とのがた》はいったいどなたなのでしょうか」

「宮では見たことはないが、何某《なにがし》の家柄《いえがら》か」

「隣にいる媛君《ひめぎみ》は、奥方なのかしら」

すっかり夜の帳《とばり》が下りた宮の中庭でざわめきと視線にさらされ、早くもうんざりといった様子の朔夜は、また例のように八梛の頭の中に語りかけてくる。

『だから、こんなところ来たくはなかったんだ……』

「でも、その割には身なりをきちんとしてくれたのね」

『それは、八梛に恥《はじ》をかかせるなと姉上に言われたからだ』

　ぼやく朔夜を横目で見つつ、八梛は自分の取り分である茄子《なす》の醤漬《ひしおづ》けを口の中に放《ほう》り込んだ。秋の茄子が一番だが、今だってそれなりに美味《おい》しく、もう一つつまみながら、八梛はとげとげしい口調でぼそりと言った。

「みんなのんきね。宮の外は不穏《ふおん》な出来事ばかりだというのに」

『御舎《みあらか》を壊《こわ》して回る輩《やから》のことか』

「もう四件目よ。これで被害《ひがい》に遭《あ》っていないのは千種《ちぐさ》の里だけになった」

『こんなときこそ、息抜《いきぬ》きも必要だ。張《は》り詰《つ》めたままの糸は、呆気《あっけ》なく切れてしまう。それに八梛こそ、気のりしないにしては、ずいぶんと格好に手が込んでいると思うが』

　確かに、今まとっているのはいつもの姉のお下がりではなく、きちんと八梛のために仕立ててある衣裳《いしょう》だ。うっすらと化粧《けしょう》もしているし、髪だってきれいに蔓《かずら》を編み込み、耳飾《みみかざ》りと首飾りもつけている。

　この宴に参加したのは、八梛の顔見せをすることで見合いにつなげたいという大王の意向もあった。もちろん、八梛としても良縁《りょうえん》につながるとなれば手は抜きたくない。

「でも、無茶な話だわ。こんなに皆酔《よ》っぱらっていては、明日の朝には全部忘れていると思うのだけれど。一応、それらしい格好をしてきたのに」

八椰は不満に頬《ほお》をふくらませた。しかも、先ほどは朔夜ばかり話題になっていて、だれも隣の八椰などに目もくれていなかった。話題になったとしても、せいぜい朔夜との仲を勘《かん》ぐられ嫉妬《しっと》されるくらいのこと。そのことが、ますます八椰を落ち込ませる。

だが、隣でひとり落ち込む八椰に気づかず、朔夜は疑問を口にした。

『それにしても、いまさら顔見せなどおかしくないか』

「こういう身分の高い人達のお相手は、一姉さまや九華《このか》の役目だったもの。二人とも、顔もいいし、腹芸も得意だから。私は、ずっと遠慮《えんりょ》していたの」

ずっと媛の誕生が続いたため、一の媛などは、長年大王の後継《あとつ》ぎと目され表舞台に立ち続けてきた。しかし、彼女が婚期《こんき》を迎《むか》えた時は、まだ八椰や九華も幼かったし、両親は男児の誕生に賭《か》けて、長女を嫁に送りだしたのだ。結局、八椰に弟ができることはなかったが。

『では、八椰の顔は知られていないのか』

「おそらく、そうよ。いつもあんな格好だし、侍女《じじょ》も護衛も普段は連れていないから媛だと思われないの。特別親しくしていなければ、身分が比較的《ひかくてき》高い臣下には下女くらいに思われているでしょうね。私はあちらの顔も身分も知っているけれど」

長姉や末妹に対し、暴走する言霊《ことだま》を理由に公式な儀式《ぎしき》に出られない八梛は、位《くらい》の高い者にとってもっとも得体の知れない存在だっただろう。

『なら、俺のところにいないで、あちらに行った方がいいだろう』

そう言って、朔夜は人々の集まっている方をすいと指差した。だが、八梛はすぐにはうなずかなかった。おずおずと目配せをして、問いかける。

「でも、朔夜ひとりで大丈夫《だいじょうぶ》？」

いまだに朔夜は八梛以外の人間に語りかけようとはしない。もちろん、音として声を発することもないから、うまく意思の疎通《そつう》を図《はか》ることもできない。

だが、まるで子どもにするような心配に、朔夜はむっとするような表情を見せた。

『ひとりで過ごすことくらい、わけない。こうした人の宴に加わったのは初めてではない。俺は、遠くから見ているだけだったが』

はじめてではないという言葉に、八梛はわずかなひっかかりを覚えた。彼はこうして八梛の元に来てから宴の類《たぐい》に参加したことなどなかった。

となると、朔夜の知る宴とは彼が岩戸に籠《こも》る前、三百年前のものだろう。それでも、彼がこうして自ら好んで人の集まる場所に加わっていく姿は八梛には想像がつかない。

だとしたら、その時はいったい誰が彼を人の輪の中に連れてきたのだろうか。

なんとなく、胸の中で黒いもやのようなものが広がっていくのを感じた。段々とそれは八栁の中で抑えられない衝動《しょうどう》に変わっていく。

「その時は、だれがあなたの隣にいたの」

心の中で形作られた疑問が、抑えきれずに無意識のうちに口をついて出る。

『え？』

朔夜は驚《おどろ》いたようだった。揺るがない視線が珍《めずら》しく八栁を正面からとらえるが、驚いているのは八栁も同じだった。むしろ、なぜこんなことを口にしてしまったのかと、戻《もど》すことのできない言葉を悔む。

「ごめんなさい。今の言葉は、忘れてちょうだい」

いたたまれなさに耐《た》えられず、立ち上がった八栁は朔夜に背を向け、駆《か》けだした。

きっと、困らせたはずだ。朔夜の過去を詮索《せんさく》しないと決めていたはずなのに。

だが、春が過ぎ、夏が訪れる中で、八栁は朔夜についていくつか知ったことがある。

たとえば、並んで歩くときの歩幅《ほはば》は八栁のそれと一緒《いっしょ》で、機嫌が悪い時は口元をことさら引き結んで語りかけてくるということ。

けれども、どんなに仲を深めても、やはりふと距離を感じる時がある。

唐突《とうとつ》に何百年という時間を突《つ》きつけられる時や、八梛でも敵わない力を見せつけられる時、八梛はこの男の隣にいていいのかと不安になるのだ。

そして、彼の記憶の中には八梛の知らない誰かがいる。どうしてだか受け入れがたいその事実にやりきれず、ひたすら前進する八梛を、女の声が呼びとめた。

「八梛、こちらへ来なさい」

声の方を見やると、父の隣に座した母の御那賀《みなが》が手招きをしていた。

とにかく、朔夜の側《そば》でなければどこでもよかった八梛は、母の隣に収まる。

「初めてお目にかかる方もいらっしゃると思いますので、名乗りを」

母に促《うなが》され、心構えもままならぬまま口を開いた。

「わたくしは、八の媛、八梛にございます」

先ほどの動揺《どうよう》を引きずっているため、うまく言えたかはわからないが、どの列席者も八梛の容色をほどほどに褒めてくれる。

一方的に見知った顔はいくつかある。その中で声をかけてきた太り気味の男は、まだ話したことはない相手だった。

「これはこれは、お初にお目にかかる。私は鹿足《しかたり》と申すものだ」

実は、遠くから見ていて初めてではなかったのだが、そういうことにしておく。

「彼は、千種の里を治めてもいる」

「そう、ですか」

八梛の返事の歯切れが悪いのは、千種の里についてあまりよい話を聞かないからだ。

千種の里も八梛は訪れたことがあるが、里の者たちは位の高い者に対し必要以上に怯《おび》えている節があった。八梛も媛だという身分を明かすことは避《さ》けた。そうすると、彼らが理不尽《りふじん》な処断を怖《おそ》れて本音を口にしてくれなくなると思ったからだ。

本当は、こういう統治者から土地を早々に取りあげてしまえればいいのだが、大王一人の判断では無理な話だった。鹿足の一族は昔から大王に仕えているため、むやみに罰《ばつ》すれば、取りまきを巻き込んでの面倒《めんどう》なことになりかねないからだ。この点で、鹿足という男は間違《まちが》いなく「やっかいな身内」だった。だから、父も暗に「この男には気をつけろ」と伝えるために、わざと千種の名前を出したのだろうと八梛は察する。

「媛君には遠い話だろう。それでも、私の領地は広い。お目にかけたいくらいだ」

とっくにお目にかけていますよと、内心八梛は毒づきながら、笑みを返す。こういう手合いには余計なことは返さず、黙って話を受け流すのが一番だ。

しかし、酒の匂《にお》いの強い息とともに吐《は》かれた言葉に、八梛のこめかみの青筋が立つ。

「それにしても、妃《きさき》は男を産むことができなかったが、媛君は多くて助かったな」

ざわめきが、宴席《えんせき》に広がる。これは妃に対する侮辱《ぶじょく》だった。

周りの者たちがいさめようとするが、酒の勢いも手伝って、鹿足の口は饒舌《じょうぜつ》になる。

「どうせ、媛が婿《むこ》をとり、それが次なる大王となるのだろう？　なれば、私のせがれに、八の媛はどうだと言っている。容色では、九の媛の方が惜《お》しいくらいだがな」

下卑《げび》た笑いを向ける鹿足。ひざ立ちになる大王。一触即発《いっしょくそくはつ》と思われた均衡《きんこう》を、大王の前に腕を伸ばし、動きを止めることで八椰は押《お》しとどめた。

「父上、お待ちください」

「八椰」

怒《いか》りのままに、地を這《は》うような声が鋭く発せられる。父はおそらく大王としての力を行使するはずだ。剣技《けんぎ》も権力も秘めた万那《まな》も、どれだって鹿足は父に敵《かな》わない。

けれども、八椰は父の尊い力をこんな男のために使ってほしくなどなかった。

「力仕事は、私の領分ですので」

八椰はふわりと笑ってみせた。驚くほど自然に笑みがこぼれたのだ。

だが、その目は笑みとはほど遠い冷たさを宿している。

「私には、もったいのうご縁《えん》です。礼に一差し、舞《まい》を披露《ひろう》してご覧にいれましょう」

そうして、八椰は立ち上がると、つかつかと側で警護にあたっていた兵士に歩み寄る。そして剣《けん》を貸してくれるよう頼み、一振《ふ》り携《たずさ》えて席に戻ろうとする。

しかし、その道すがら駆け寄ってきた朔夜に引き止められてしまった。

『八椰、なにをするつもりだ』

「舞を、舞《ま》おうと思って」

手に提《さ》げた剣と八椰の表情を見比べた朔夜は、引き止める手の力を強める。

だが、八椰も譲《ゆず》らない。力と力は拮抗《きっこう》し、持っている剣の鞘《さや》が刃《は》にぶつかってカタカタと鳴る音がした。

「家族がなじられたの。大丈夫、傷つけるつもりはないし、少し脅《おど》すだけ」

『ならば、大王がすべて片をつけるべきではないのか』

「父上が、臣下の進言を無視してほかに妃を娶《めと》らなかったのは事実なの。その点では、父上は反撃《はんげき》してはいけない。だって、大王として間違っていることだもの。けれど」

瞳に見た者を射殺しそうな鋭さをたたえて、八椰はキッと朔夜を見上げた。

「おろかで粗暴《そぼう》な八の媛は家族の名誉《めいよ》を傷つけられて、黙っていられるような性質ではないの。私は、私の大切な人のためなら、なんだってしてみせる」

低く響《ひび》く、燃え盛る炎をうちに秘めた言葉だった。

自らが泥《どろ》を被《かぶ》り、八椰はあの男を脅すつもりだった。

朔夜は、もはや広がった炎はすべてを焼き尽《つ》くすまで消えることはないのだと悟《さと》ってくれたようだ。そして、細く長くため息をつく。

『なら、俺がともに舞う。八棚は傷つける気はないと言ったが、そのような状態では手元が狂《くる》わないともかぎらないだろう。それは、八棚の名を汚《けが》す』

昂《たかぶ》った感情が急激に冷めていくのと同時に、八棚は泣きたい様な衝動に襲《おそ》われた。いさめられたことを恥《は》じたからではない。安堵《あんど》したのだ。

最後の最後で、朔夜は八棚が一線を越《こ》えそうになるのを止めてくれた。それは、先ほどくだらないことで距離を感じた八棚の幼稚《ようち》さを許してもらえたように思えた。

落ち着いた頭で考える。八の媛は、その名誉と誇《ほこ》りも守らなければいけないのだ。

「朔夜の助けを借りるわ。お願い、また私が無茶をしそうになったときは止めて」

『八棚を止められるのは、俺くらいだからな。それと、蛇もか』

朔夜にしては珍しい軽口も八棚のためだと思うと、ますます頭が冷静さを取り戻す。

どうやれば、鹿足に対する的確な脅しになるのか。

その筋書きを導き出すために、八棚の頭は今までにないくらい冴《さ》えた働きを見せる。

「私に合わせて」

『わかった』

まずは剣を引き抜《ぬ》く。月の光をはじく刀身を見て、八梛は柄《つか》を握《にぎ》る手に力を込めた。

清冽《せいれつ》な二つの影《かげ》の登場に、宴席のざわめきは止《や》んだ。凪《な》いだ湖面を思わせる静寂《せいじゃく》は、剣と剣の弾《はじ》きあうキインという高い音で破られる。八梛の持つ武骨な剣と、精緻《せいち》な紋《もん》様《よう》が柄にあしらわれた朔夜の持つ剣が、風を切る音を立てて大きく振り上げられる。

たがいに向き合ったまま宴席の間を駆け、二人は目当ての場所を舞の舞台と定めた。

舞台の最前列に座すのは大王と、獲物《えもの》である鹿足だ。

切っ先が、鹿足の喉元《のどもと》をかすめる。もちろん、皮膚《ひふ》の一寸《ちょっと》さえ傷つけはしない。だが、手にしていた盃《さかずき》を落とした男を見て、八梛はわずかに口元をゆがめた。

「ごめんあそばせ」

空々しい謝罪が届いたかは分からない。けれども、その笑みは目にとまったはずだ。

今、自分がどんな風にこの男の目に映っているのかを八梛は十分に知っていた。

父たちの車座を囲み、朔夜と八梛は舞を続ける。何度か、わざとらしく八梛は鹿足の頭上で剣の光を閃《ひらめ》かせる。

そろそろかと頃合《ころあ》いを見計らい、八梛は舞台を宴《うたげ》の中心へと移し、朔夜もそれに続く。

長い裳《も》の裾《すそ》をさばき、八梛は剣を朔夜の方へと薙《な》ぐ。しかし、息を合わせた朔夜は

ひらりと太刀筋《たちすじ》をかわし、反撃に移る。八梛も軽く受け流し、いくつか応酬《おうしゅう》が続いた。

やがて対峙《たいじ》しているように見せていた二人は背中合わせとなり、剣の切っ先が弧《こ》を描《えが》く。月の光を弾いて生まれた二つの輝《かがや》きに、誰もが魅入《みい》られた。

締《し》めは、始まりと同じく、二人の剣がぶつかり合い高い音を上げた時だった。

息を詰《つ》めるように二人を見守っていた観衆は、歓声《かんせい》を上げはやし立てる。だが、その熱気の中ひとり無表情のままの朔夜は、今しがた大立ち回りを演じた大王の車座の方へと近づいていった。そして、見下ろしたのはすっかり怯えきっている鹿足だった。

『あまりに人の宴が楽しそうだから月から降りてきたのだが、無粋《ぶすい》な輩《やから》もいたものだ』

「な、なにを言っているんだ……」

だが、鹿足があたりを見回しても、誰もが楽しげな表情を浮《う》かべ、冷たい響きに気づくことはない。それは、鹿足にしか届かない言葉で、八梛にさえ聞こえていなかった。

『私は、貴様らが崇《あが》め奉《たてまつ》る日女神《ひめがみ》の血を分けたものだ。我らが守りし一族に余計な真似《まね》をするのであれば、消すぞ』

端的《たんてき》な脅しに、ひっと短い悲鳴を上げて鹿足はついに気を失った。

その段になり、さすがに人々は異変に気がつくことになった。ひとりが騒《さわ》ぎ立てると、人々の視線は昏倒《こんとう》した男に集まり、先ほどとは違《ちが》ったざわめきが夜空に響く。

「鹿足どのは、飲みすぎたのか」

「あの方の酒好きには困ったものだ」

そのざわめきの渦《うず》を悠々《ゆうゆう》と後にした朔夜に、八梛は問う。

「鹿足に、なにか言ったのでしょう？」

『八梛は知らなくていい』

剣を鞘に戻《もど》し、答える気のない朔夜に、八梛は不満を覚えた。八梛の荷物は背負ってくれるのに、自分はひとりで抱《かか》えこむつもりなのだ。

どうにも気になる。聞きだそうと朔夜の正面に回ると、八梛は目を見開いた。

「朔夜、怪我《けが》してるわ！　頰《ほお》のところに傷が……」

心当たりは、自らが相手をつとめた剣舞しかなかった。そういえば、対峙しているうちに白熱して、顔をかすめた瞬間があったかもしれない。

『大丈夫だ』と告げる声を聞き流した八梛は強引《ごういん》に朔夜の手を取り、駆《か》けだした。

「ごめんなさい。手元が狂ってしまって……」

宴の喧騒《けんそう》から遠く離れて、八梛と朔夜は御舎《みあらか》の中にいた。

止血のため、八梛は朔夜の頰に走った傷に、オキナグサを干して粉末にした手製の薬をつけていく。傷はふさがりかかっていたが、八梛は手当の手を止めなかった。

『姉上の言うとおり、俺はいくら痛めつけられてもすぐに傷が元どおりになる。俺は、人とは違うから』

「私が嫌《いや》なの。いくら傷がすぐ治るからといって、痛いと思った記憶は消えないわ。たとえ神様であってもね。だから、ごめんなさい」

薬の容器に蓋《ふた》をし、八梛は再び頭《こうべ》を垂れた。

しんと静まり返ってしまった。朔夜は返す言葉を選びあぐねているようだった。目を泳がせる姿を見るにつけて、八梛はあの騒ぎの前——朔夜の過去に言及《げんきゅう》してしまい、逃げるようにして立ち去ったときのことを思いだす。また、彼を困らせてしまった。

今日は謝らなければいけないことだらけだ。

「ごめんなさい」

もはや、なにに対しての謝罪なのかも抜け落ちたままで、言葉だけぽつりとこぼれた。

『もう、傷は治っている』

「そうではなくて、私はいつも朔夜を困らせている。見合いだって、結局うまくいってないし、全然媛《ひめ》らしいふるまいもできてない。今でも、時々朔夜のことを放っておいて、人と話しこんでしまうじゃない」

あふれだした言葉に圧倒《あっとう》されている朔夜に構わず、八椰はさらに続ける。

「今日だって、あなたの過去を詮索《せんさく》しようとした。姉の日耶《かや》にだって伝えたくないと思っている過去を、暴《あば》こうとした。それはしないって約束だったのに」

ようやく、一番謝りたいことを言えた。

だが、朔夜は頭を振《ふ》り、意外なほどにしっかりと八椰を見据《みす》えてきた。

『宴の間中、ずっと考えていた。八椰には、知っておいてほしい。そう、思った』

「過去のことは、言いたくないのではなかったの」

『俺は、八椰のことを知っている。けれども、俺は八椰に隠《かく》し事ばかりだ』

「それは、私が隠し事をできない性質だからよ」

言いすぎるくらいに、伝えてしまう。それは八椰の生来の性質だった。

『だからだ。俺をまっすぐに見てくれる八椰にふさわしい男でありたい。そう思う』

そして、朔夜は八椰がいつもそうするように、揺《ゆ》るぎないまなざしで射てきた。

かつて闇《やみ》そのものだと思えた瞳には、今は柔《やわ》らかな光が宿っていた。

『俺が今日のように人の宴に加わったのは三百年前、姉上に天つ空を追い出されて、しばらく人の世で暮らしていた時のことだ』

静かに紡《つむ》がれる声はどこか遠くて、八椰にはそれが隔《へだ》てられた時間のせいに思えた。

「日耶と喧嘩《けんか》をして天つ空から出奔《しゅっぽん》したと聞いたわ」

『ああ、体中傷だらけのまま、俺は降りてきて、動けないところを人に拾われて、しばらく世話になった。そいつの名前は……』

しかし、急に朔夜の声は途《と》切《ぎ》れた。そして、視線をさまよわせ、ついにうつむいてしまい、本当に言葉を失ってしまったかのようだ。

困らせたいわけではない。苦しめたいわけでもない。だから、もういいのだと伝えるために、八椰は朔夜の衣《ころも》の袖《そで》をギュッと握りしめる。

「いいの、すこしでも聞かせてくれただけで十分。その先は、またいつか」

そのいつかを、八椰が迎《むか》えることができるかは分からない。

一年が巡《めぐ》る頃《ころ》には、八椰はだれかの妻になっているかもしれない。

けれども、約束をせずにはいられなかった。

「私は待つから。ずっと、待ってる」

朔夜の瞳が揺れる。だが、それは不安や恐《おそ》れのためではない。もっと深いところまで見通そうと八椥は距離を縮めるが、唐突《とうとつ》に二人だけの夜は打ち切られた。

先ほどの喧騒よりもはるかに切迫《せっぱく》した、むしろ悲鳴に近い声が届いたからだ。

「なにかしら」

八椥が朔夜を伴《ともな》って宴に戻ると、場は右往左往する人々で混然としていた。

途中で姿を見つけた母に駆け寄り、ようやく何が起こったのかを八椥は把握《はあく》する。

「宴に凶手《きょうしゅ》が入りこんできました。持っていた刃《やいば》の形から、土蜘蛛《つちぐも》ではないかと」

気丈《きじょう》な母ですら、瞳の奥には揺れる光が確かにちらついていた。

「母上、賊《ぞく》を捕えることはできたのですか？」

「いいえ、夜闇《よやみ》にまぎれて、逃げられてしまいました」

「手際《てぎわ》がよすぎる……。それに、こんな奥深くにまで土蜘蛛が入りこんでくるなんて」

八椥の中にも動揺《どうよう》が広がる。宴の余韻《よいん》は今やすっかり消え失《う》せ、恐怖だけが募《つの》る。

なにか、とんでもないことが起ころうとしている。言いしれぬ不安に八椥がうつむきかけたとき、女の声が夜闇にとどろいた。

「鎮《しず》まれい！」

人々が注ぐ視線の先には日耶がいた。その傍《かたわ》らには大王もいる。日女神と大王の並び立つ姿に、皆言葉も忘れて見入らずにはいられないようだった。

「鎮まるのだ。民草よ。今宵《こよい》は宴。そのような曇《くも》り顔では、台無しであろう？」

篝火《かがりび》の明かりに照らし出された笑みは、それだけで渦巻《うずま》く不安を払《はら》ってしまう。

そして、日耶が見せつけるのは美しさだけではなかった。

「言霊《ことだま》の、力だわ……」

日耶の力強い言葉に、広がりつつあった恐慌《きょうこう》が徐々《じょじょ》に鎮まっていく。

夜天に現れた朝日のように、言葉だけで日耶は人の心に希望をともすのだ。

「太陽みたい」

『そうだな』

朔夜も、まるでまぶしいものを眺《なが》めるように目をすがめていた。

しかし、その横顔に宿るのは必ずしも明るいものではない。どこか憂《うれ》えるような、とどめておかなければ消え失せてしまいそうな朔夜を案じ、八栁はその手を取った。

「私は、お月様の優しい光も大好きよ」

日耶の強くまぶしい言葉たちは、八栁の心を明るく照らしてくれる。けれども、鹿足への怒《いか》りに燃える心を鎮め、媛として守らなければいけないものを示してくれたのは、確かに朔夜の言葉だった。

太陽がなければ人は生きていけない。

けれども、月の明かりがなければ人々は夜闇に塗《ぬ》りつぶされてしまう。

その二つの尊さを知る八椰は、朔夜に伝えたかった。

朔夜の力に、救われた者がいるのだと。

かすんでしまいそうだった朔夜の瞳に、ふいに熱がこもる。

『――――れば、いい』

「え？」

なにか、ざわめきにまぎれて小さく朔夜の声が響《ひび》いた。しかし、うまく聞き取ることができなくて、八椰は聞き返してしまう。

だが、返ってきたのはいつもどおり覇気《はき》のない『なんでもない』という言葉だった。

四章

部屋の中で、明かりに向かい八椰《やなぎ》は妹と二人で縫物《ぬいもの》をしていた。

リリリと鳴く鈴虫《すずむし》の声だけがにぎやかで、二人の間に会話はない。

八椰の手つきは危なっかしく、九華《このか》は器用に針を泳がせていく。特別布が固いとか、明かりが足りないとか、そういうことはない。ただ単に八椰は縫物が苦手だった。

こういった才といえば、五番目の姉――五音《いつね》と六番目の姉――六葉《りくは》だった。五音が歌いながら機《はた》を織ると、とても鮮《あざ》やかな布地が出来あがり、六葉がそれをきれいに縫《ぬ》いあげてしまうのだ。それは日耶《かや》の授けた言祝《ことほ》ぎによる才で、二人は年頃になるとあっという間に嫁入《よめい》り先が決まってしまった。

九華も、そこまでとはいかないが、器用に縫物を仕上げてしまう。その姿を目で追っていると、ふと面を上げた九華と視線が交わった。

「ねえ、八椰姉さま。姉さまは、いつまで恋人ごっこをお続けになるのですか？」

思いもよらない妹からの問いかけに動揺し、八椰は針を指先に刺《さ》してしまう。赤い珠《たま》が指先にふくれ上がり、布地を汚《よご》してはいけないと慌《あわ》てて指から遠ざける。

「どうしたの、いきなり。びっくりするではないの」

もちろん、九華が指しているごっこ遊びの相手は朔夜《さくや》だろう。最近、八椥の側《そば》にいる男といえば、大王か朔夜くらいのものだった。

「訊《き》いているのはわたくしの方です。なぜ近頃は見合いもせず、かの方とばかりおでかけになっているのですか。あの御方《おかた》は神で、ごっこ遊びを百年だって続けられる。そうやって不毛な時を重ねて、老いていくつもりなのですか？」

朔夜が八椥を弄《もてあそ》ぶような真似《まね》をするようには思えず、否定の言葉を返す。

「朔夜にそんなつもりはないわ。それに見合いをしないのではなく、話がこないのよ」

例の月見の宴《うたげ》での大立ち回りのせいで、宮中の者は八椥との縁談《えんだん》を断るようになってしまった。八の媛は野蛮《やばん》極まりないと、鹿足《しかたり》が喧伝《けんでん》して回っているのだという。ただ、近頃はその数少ない見合いが失敗しても嘆《なげ》くことはなく、むしろ今回もやり過ごすことができたと思っていることを八椥自身認めなければいけなかった。

だが、その複雑な胸中をさらけだせず、八椥は針を刺した所を余った小さな布端で覆《おお》いながら、黙《だま》りこむ。

「姉さま、人は花のようにすぐ咲《さ》いて、散ってしまう。そして、かの方は神でわたくしたちとは違《ちが》う時間を生きている。どうしたって、わかり合うことなどできはしない」

「そんなことはないわ！　朔夜はわかりにくいけど、優しくて、思いやりを持っている。最初は、私もどうやって接すればいいのか分からなかったけれど、今は」

「今は、まるで妹背《いもせ》の仲のよう。でも、それはいつか終わる約束です」

八梛が言葉を返しあぐねていると、案じる色の強い口調で九華は続けた。

「ともに過ごす時間が長ければ長いほど、わかりあうほど、別れは身を切るほどにつらくなります。それを知っていてもなお、ごっこ遊びをお続けになりますか？」

なにも言い返せない。それくらい、九華の言っていることは正しかった。

最初から、かりそめで偽物《にせもの》の間柄《あいだがら》でしかなく、八梛と朔夜の間にはあいまいな約束しかない。その上につのる気持ちがどんなに重く大きくても、いつかは崩《くず》れてしまう。

八梛は今の自分が置かれている状況を正しく理解しているが、今ここで終わらせるとはっきり告げることができなかった。

自らの中でくすぶる火種を消すことも燃え広がらせることも選べずに、伏《ふ》した目で床《ゆか》を見つめることしかできない八梛も、姉を見守る九華もだんまりを貫《つらぬ》く。

だが、部屋の外から母が顔を出し、居心地《いごこち》の悪い沈黙は打ち破られる。

「あなたたち、縫物はもう終わりましたか？」

「ま、まだです……」

「もう少しで仕上がります」

「九華はその調子で進めなさい。八梛は……」

母から視線で叱咤《しった》され、八梛は布に視線を落とす。そして、そのまま真正面に座りこまれてしまえば、口より手を動かすしかない。

だが、最後の念押《ねんお》しのように九華は口を開く。

「お姉さま、さきほどのこと」

「わかっているわ」

「それならば、よろしいのですが」

そうして、九華も縫物を再開した。鮮やかな手つきで布地がどんどん縫いあがっていく九華とは裏腹に、八梛は母の視線を受けつつ、こわごわと針を進めるのだった。

「今年は、特によく実ったみたいね」

穀物の話を佐奈江《さなえ》の父から聞きながら、八梛は頭の中に宮の周りに点在する里を思い浮《うか》べた。ほぼすべての里の収穫《しゅうかく》の具合を見終わったが、この志木《しき》の里が一番だ。

「里の御舎《みあらか》や、山の御舎の御魂代《みたましろ》が壊《こわ》された時はどうしようかと思ったけれど」

「朔夜が教えてくれた祀《まつ》り方で、恵《めぐ》みを授かることができました」

あいかわらず朔夜は、八梛以外に話しかけようとはしない。しかし、八梛が朔夜への信頼《しんらい》を見せることで、いつの間にか彼は人々に受け入れられつつあった。

「それに、灌漑《かんがい》がうまくいったからね」

「去年は工事に手を取られて一時的に収穫も減りましたが、実りの成果を見ると思いきってやってよかったです」

水を引くための工事は人手を必要とし、畑の作業に支障が出るため、踏《ふ》みきることができない者たちもいるのだ。そして必要なのは人手と時間だけではない。

「千種《ちぐさ》の里みたいに、灌漑のための出費を許されないところもあるけれどね……」

「長い目で見れば、決して無駄《むだ》なことではないんですがね……。けれども、媛さまが大王に伝えてくださったおかげです。大王の口添《くちぞ》えがあると、協力も増えますから」

ふっと会話が途切《とぎ》れたところで、そわそわと遠巻きに隙《すき》をうかがっていた佐奈江が、ここぞとばかりに話に入りこんでくる。

「だから、五日後の歌垣でうんとごちそうが出るんだ！」

「歌垣？」

「うん、媛さま知らないの？　年に二回しかない大事なお祭りで、みんなが歌を歌いあったり、踊《おど》ったりするんだよ。私も、今年は頑張《がんば》って一晩中起きてるんだ！」

　歌垣がどんなものかは分からないが、心底楽しみにしていることがありありと伝わってきて、八梛の口元もついほころんでしまう。

「そう、楽しみね」

「媛さまも来ればいいのに」

　娘の発言に、佐奈江の父が容赦《ようしゃ》なく脳天に拳骨《げんこつ》をくらわせる。そして、見ているだけの八梛すら身をすくませるほどの剣幕《けんまく》で、佐奈江の父は雷を落とした。

「媛さまになんて口をきくんだ！　気安くしてくださるからといって、そんな下々の祭に媛さまを呼べるわけがないだろう！　自分の身分をわきまえろ！」

　そこまで怒《おこ》ることとも思えず、八梛はなんとか佐奈江の父をなだめようと努めた。

「そんなに怒らないで。少し考えてみるわね、佐奈江」

　痛む箇所《かしょ》を押さえて涙目になっていた佐奈江は、一転して笑みを弾《はじ》けさせた。

「やったぁ！」

　一晩中でなくとも、夜に抜《ぬ》け出すというところに八梛は難しさを覚える。しかし、ある妙計《みょうけい》が浮《う》かび、なんとかなりそうだという予感で八梛の胸の内も浮き立ってくる。

そして二人へのあいさつもほどほどに、八梛は朔夜の待つ所へと急いだ。

近頃は、こうして八梛が里の者たちと話していても、朔夜はあまり文句を言わなくなった。それでも、八梛は息を弾《はず》ませて男の元へと思いっきり駆《か》けた。

木に背を預けた彼に近くまで寄って気がつく。どうやらうたた寝《ね》をしているようだ。

そばにそっと座り、まじまじ寝顔を見つめる。あいかわらず笑った顔を見ることはないが、時折のぞかせる穏《おだ》やかな表情は、月明かりのように八梛にやすらぎをくれた。

かすかにもれる呼吸の音をとらえ、目を閉じて八梛は聞き入ろうとした。

だが、その穏やかな時間は、すぐに終わりを告げる。

『人の寝顔をじっと見ているのは、あまりいい趣味《しゅみ》じゃない』

涼《すず》やかで、魅入《みい》られずにはいられない面差《おもざ》しがこちらに向けられて、跳《は》ねる鼓動《こどう》をなんとか押さえつつも八梛は否定の声を上げた。

「そ、そんなに長く見てないわ！　だけど、いつから起きていたの？」

『八梛の気配に俺が気づかないわけがないだろう』

その言葉の意味するところを図《はか》りかねた八梛は、眉根《まゆね》を寄せて問う。

「私の足音、そんなにうるさかった？」

『違う。それに、甘い匂《にお》いもしている』

甘い匂いに心当たりのある八梛は、「これのことかしら」と手荷物を広げる。すると、ころころと丸っこい薄紫色《うすむらさきいろ》の果実が姿を現す。

「あけびがうんと生《な》っていたから、おすそ分けしてもらったの。一緒《いっしょ》に食べましょう」

半分を手渡《てわた》された朔夜は、所在なくそれに視線を落とすだけだ。

『どうやって食べればいいのかわからない』

「熟して皮が割れているでしょう。そのまま中にある実を食べるのよ。こんな風に」

中の半透明《はんとうめい》の実を口に含《ふく》むと甘《あま》みが広がる。朔夜も見よう見まねで実にかぶりついた。山のようだった実はあっという間に食べ尽《つ》くされ、二人は一息ついた。

だが、慣れないものを食べたせいか、朔夜の手には実や黒い種がついていた。

「もう、子どもみたいだわ」

八梛はごく自然な流れで朔夜の手を取り、一本ずつ指の先をてぬぐいで拭《ふ》いてやる。朔夜は嫌がることもなくされるがままで、八梛は母親になったような錯覚《さっかく》を起こした。

「美味《おい》しかった？」

『甘かった』

同じものを食べ、同じように甘いと思うことに、人と神の垣根《かきね》などないように思えた。だが、「また一緒に食べましょうね」と言いかけたところで、九華の言葉が蘇《よみがえ》る。

『ねえ、八棚姉さま。姉さまは、いつまで恋人ごっこをお続けになるのですか?』

朔夜と出会ったのは、春から初夏に変わりかけの頃だった。それから、夏が過ぎ、今は風が涼《すず》しくなってあけびが生るくらいの時分。確かに、自分たちは長い時を一緒に過ごしすぎたのかもしれない。

これはいつか終わるための日々なのだ。また、いつか。それを思ってはいけない。

「そろそろ帰りましょう。収穫の具合も聞くことができたし、父上に奏上しないと」

気持ちが急いで早口気味に八棚が言えば、引き止めるように朔夜は問うてくる。

『今日は山を散策しなくていいのか、紅葉が見ごろだと里の者が言っていた』

ときおり、二人は山の中に入ってそぞろ歩きに興じていた。朔夜のくれた蛇《へび》よけの勾玉《まがたま》の効果も上々で、八棚はのびのびと山を楽しむことができるようになったからだ。

「しばらくすると冬が来るわ。もう、山に入るのはやめましょう。それに」

私たちは、いつか別れる時が来る。

告げなければならない事実を留《とど》め、八棚は肝心《かんじん》なところで口を閉ざしてしまう。

言えない。言いたくない。けれども、言わなければいけない。

しばしの葛藤《かっとう》の後に、八棚は逃げるような言葉を口にした。

「今日は、久しぶりに見合いよ。準備もしなくてはならないし、早く戻《もど》りましょう」

その言葉に、心がこもってなどいないことに、朔夜がどうか気づきませんようにと願い、八梛は宮への足を速めた。


宮に戻った八梛は、着古した衣《ころも》から、媛《ひめ》にふさわしい新しい衣裳《いしょう》へと着替えた。髪の毛を梳《くしけず》り、装飾品《そうしょくひん》を一揃《そろ》いつけて鏡の中をのぞくと、そこにいるのは立派な媛君だ。

「…………なぎ……」

けれども、着飾った自分を見ても以前ほど心は躍《おど》らない。むしろ、これから出会う初対面の男のためのものだと思うと、飾り立てる手は自然と緩慢《かんまん》になっていった。

「やな………」

締《し》めにため息を一つ。だが、漏《も》れ出る吐息《といき》とともに気概《きがい》も抜け出ていく心地《ここち》だ。

だが、すっかり考えごとに入りこんでいた八梛に、空気を震《ふる》わせるほどの声が届く。

「八梛！」

「…………はっ、はい！」

弾《はじ》かれたように八梛は顔を上げると、そこには怪訝《けげん》な顔をした大王がいた。

「先ほどから、ずっと呼んでいるだろう。どうした、準備はできたのか」

そろそろ風も冷たくなってくる季節ということで、見合いは宮で行われることとなった。父に導かれるまま重い衣装を引きずって、八梛は鈍《にぶ》い足取りで見合い相手の待つ部屋へと向かう。しゃらしゃらと耳飾《みみかざ》りがこすれる音だけが、軽《かろ》やかでにぎやかだ。

「今日の相手は、二十一とまだ若いが一族を率いる立派な御仁《ごじん》だそうだ。私も何度か会って話をしたが、お前も気に入るだろう。出自がすこし遠くなのが難だがな」

「私が気に入っても、相手の方はどう思われるかわかりませんよ」

言葉の端々《はしばし》に隠《かく》しきれない投げやりな気持ちがにじみ出てしまい、父は振《ふ》り返って苦々しい表情を向けてくるが、どこか冷めた心地で八梛はそれを受ける。

「中で相手が待っている。私はしばらく席をはずす。失礼のないようにな」

そうして、ぽつねんとひとり残され入口に向き合う段になって、ようやく八梛は腹を括《くく》る。さすがに、無気力もあらわな表情で見合い相手に会うのは失礼だ。

頬《ほお》を軽く張り、眉間《みけん》をもみほぐし、明るい表情を作った八梛は一歩踏み出した。

だが、努力もむなしく見合い相手の待つ部屋に入るなり顔がこわばってしまう。

待ちうけていた男の面差《おもざ》しを、八梛は見知っていた。

「あなた、この前志木の里で会った……」

「蔵麻《くらま》だ。名前くらい覚えておいてくれ、八の媛。今は千種の里にいるがな」

里で出会った時は、旅装で髪も適当にくくられていただけだったが、今は真白の衣装に身を包み、角髪《みずら》を結《ゆ》い、居住まいを正しているこの男は間違《まちが》いなく蔵麻だった。

「ああ、本当に大王の娘御だったんだな。あのあとで志木の里の者に教えてもらったときはすこし疑っていたんだがな」

頭からつま先まで飾り立てられた八梛を見て、蔵麻は人懐《ひとなつ》っこそうな笑みを浮かべる。泰然《たいぜん》としたたたずまいは、父から伝えられた頼《たの》もしい若君の姿と重なる。

しかし、志木の里で見せた獣《けもの》を思わせる面差しを、八梛は忘れていない。

この男と見合いなど御免《ごめん》だ。八梛は踵《きびす》を返すが、蔵麻に手際《てぎわ》よく捕えられてしまう。

「正式な手順を踏んで会いにきてやったんだ、そう急《せ》くな」

また、あの捕食《ほしょく》者そのものの瞳を向けられると、背筋にしびれが走る。

「放しなさい！　この無礼者！」

八梛は全身で拒《こば》み、気づいた時には蔵麻を体ごと床《ゆか》に放《ほう》り出していた。

うまく受け身をとれたようだが、少女ひとりに軽く放られたことで衝撃《しょうげき》を受けたのだろう。半身を起こした蔵麻は目を丸くして、八梛を呆然《ぼうぜん》と見ている。

ああ、またやってしまったと思う一方で、構うものかと自棄《やけ》になった八梛は、勢いのまま一気にまくしたてる。

「ほら、私はとんでもない怪力《かいりき》なんです！　丸太なんて片腕で持ち上げられるし、猪《いのしし》と闘《たたか》います！　それから、それから……」

挙げればきりがない己《おのれ》の誇《ほこ》れない所業を連ね、八梛は蔵麻の拒絶《きょぜつ》の言葉を待った。

しかし、返ってきたのは意外な言葉だった。

「ああ、すてきだ」

こぼれ落ちそうなほど目を見開いて、八梛は絶句する。

今まで、八梛の怪力を目《ま》の当たりにした男たちは、恐《おそ》れを隠さなかった。だのに投げ飛ばした女を褒《ほ》めるこの男は、恐怖を感じる部分がおかしいのだろうかと心配になってしまう。だが、蔵麻は余裕《よゆう》をたっぷりと込めた口調で告げた。

「ただ見目麗《うるわ》しいだけの女ならいくらでも知っているが、俺を投げ飛ばしたのも、喉元《のどもと》に食らいついてやると宣言したのも、媛君だけだ。いいじゃないか」

違《ちが》う。朔夜ならば、ため息まじりの冷えた抑揚《よくよう》と、呆《あき》れ顔でたしなめてくれる。

「どうだね、二人とも」

二人の間に張《は》り詰《つ》めていた緊張《きんちょう》感を破ったのは、様子を見に来た大王だった。

「大王、私は媛君に心を奪《うば》われました。今日にでも祝言をあげてもいいくらいに」

軽口のような言葉だったが、冗談にとどまらない本気を蔵麻のまっすぐな双眸《そうぼう》から

感じ取ったらしい大王は、待ち望んだ言葉に喜色を浮《う》かべた。

「決まりだな、八梛」

肩の荷が下りた者の浮かべる安堵《あんど》の笑みが、八梛に「否《いな》」の言葉を思い留《とど》まらせる。

父には心配をかけ続けてきた。そして、これは八梛だけの問題ではないのだ。

行き遅《おく》れの媛を引き取ろうと言う奇特《きとく》な男が現れた。断る理由などあるはずもない。

だのに、口をついて出たのは、この期《ご》に及《およ》んでなにかにすがるような言葉だった。

「少し、時間をいただけませんか。すぐには返事はできませんので……」

いいだろうと鷹揚《おうよう》にうなずく蔵麻に、八梛はますます逃げ道がなくなる心地がした。


蔵麻の訪れから、五日が経《た》った。

彼は千種の里に滞在《たいざい》し、毎日足しげく宮に通い、熱心な婿《むこ》候補という評価を得た。

だが、肝心の花嫁候補はいつまでも首を縦に振らなかった。

「なぜ、蔵麻どのを拒み続けるのだ」

ついにしびれをきらした父が、御舎《みあらか》に逃げ込んでいた八梛にひざを突《つ》き合わせて詰め寄る。傍《かたわ》らには、母も寄り添っており、ついに逃げ道が完全に断《た》たれたようだった。

「八梛、そろそろ返事をしないか。彼も、故郷へ戻らないといけないそうだ」

「はい、父上。わかっております」

「ならば、何故申し出を受け入れないのだ。贈《おく》り物もいくつか届いている」

蔵麻が届けてくれた首飾りや腕輪《うでわ》、布地は、数は少ないものの質ではなににも勝《まさ》るものだ。しかし、一向に喜ぶ気配のない八梛に、父はため息を隠せないようだ。

「それとも、もう良人《おっと》を探すのは疲れたか」

「そんなつもりはありません！　ただ……」

だが、なんと言えばいいのだろう。思考の堂々巡《めぐ》りを始めてしまった八梛と、困惑《こんわく》する大王の間に割って入ったのは、傍らでやりとりを見守っていた母の御那賀《みなが》だった。

「我が君、どうか、八梛にもう少し時間を与えてやってはくださいませんか」

静かな声音《こわね》で父に告げる母は、八梛に家事は厳しく仕込んでいるが、見合いに関してあまり口出しをしてこなかった。そのため、今になって思わぬ物言いがついたからなのだろう、大王は渋《しぶ》い表情を見せる。

「しかし、せっかくの縁談《えんだん》だ。これを逃《のが》したら」

「次を待てばよろしいでしょう。この世の半分は男です」

御那賀の声音は静かであるのに、威圧《いあつ》を含《ふく》んでいた。

父は、こうして本気になった母には勝てない。娘たる八梛は、幼い頃《ころ》から二人を見てきた経験から、夫婦間の絶対的な力関係をわかりきっていた。

「わ、わかった……。御那賀がそういうのであれば、もう少し待とう。だが、いつまでも先延ばしにしておくことはできないと、よく心に留めておきなさい」

そう言い残して、大王は母を伴《ともな》い御舎を後にした。

行儀《ぎょうぎ》が悪いと知りつつも、緊張の糸が切れ、仰向《あおむ》けに倒れ込み四肢《しし》を放り出した八梛を、上から覗《のぞ》き込む影《かげ》があった。日耶と朔夜だ。

「なんじゃ、浮かぬ顔をしおって」

日耶はしゃがみ込んで、八梛の眉間を人差し指でぐるぐるとこねまわしてくる。思いがけず力を込められて、八梛は身を起こし日耶の手から逃れる。

「痛いわ」

「そうじゃ、その意気じゃ。本音をしまいこんで黙っているむっつりは、我が弟だけで十分だからのう」

朔夜は日耶がいるときはあまり口数が多くない。だが、姉の容赦《ようしゃ》ない一言が気に障《さわ》ったらしく、じとりと湿《しめ》り気のある視線を向けていた。

『俺はむっつりじゃない。あの蔵麻とかいう男の方が、よほど危険だろう』

「そういえば、以前からまれたのだったか？　男連れの女にそのようなちょっかいを出す不届き者は、土蜘蛛《つちぐも》くらいだと思うていたが」

「まさか、土蜘蛛が大王のおわす宮の近くに堂々といるわけがないでしょう。それに、春に山で見た土蜘蛛は私たちと違う言葉を使って、格好もずっと不気味だった」

あの時の土蜘蛛は、まだ捕《つか》まってはいないから無事に逃げおおせたはずだ。けれども、あれほど違う言葉を使っているのなら、八眞土《やまと》に紛《まぎ》れ込むことは難しいだろう。

そういえば、あの時はぐれた少女の件も解決してはいなかった。

頭痛を覚えるような懸念《けねん》が次々と呼び起こされてしまい、八梛はぼやいた。

「せっかく今日は歌垣なのに、問題ばかり」

「そなた、歌垣に行くつもりなのか？」

「ええ、志木の里の佐奈江という子に誘《さそ》われたの」

日耶の悪だくみをする時の表情を期待していた八梛は、みるみる間に翳《かげ》っていく顔を意外としか思えなかった。さらに、日耶から思いがけない言葉を告げられる。

「よした方がよいぞ。歌垣でなにが行われているかも知らないお子様が、行っていいとは思えぬ。おそらく、そなたの父もそう言うと思うが」

含みのある日耶の言葉に、八梛は戸惑《とまど》う。歌を歌いあって、踊《おど》る。それ以上になにがあるというのだろうか。

「なにが行われているの？」

真正面から疑問をぶつけると、日耶は口をつぐむ。こういった反応をする日耶は珍《めずら》しく、好奇心もあいまってさらに八梛は追及《ついきゅう》を続ける。

「ねえ、どうして黙っているの？」

「そういうことは弟の方が詳《くわ》しいと思うぞ、あっはっは――」

そして、一瞬《まばた》きする間に、いつものように日女神《ひめがみ》は忽然《こつぜん》と消えてしまう。

こうなると、疑問を解決してくれるのはひとりしかいない。

「朔夜、詳しいの？」

質問を押しつけられた朔夜は、あからさまに動揺《どうよう》を示す。

『知らない』

「本当に？」

八梛がにじり寄り間近で視線を合わせると、慌《あわ》てふためいた朔夜は距離を取る。

『いや、知らない。姉上がでたらめを言った。なにも知らない。本当に知らない』

「そうなの。まあいいわ。でも、歌を歌いあうのでしょう？　楽しそうだわ」

まだ見ぬ祭を思い描《えが》き、八梛はため息をついた。

「いくら自由を許されているからと言って、夜に寝床《ねどこ》にいないとなるとまずいわ。だから、日耶に身代わりを頼もうと思っていたのだけれど、当てがはずれてしまった」

このままでは、歌垣を知る貴重な機会を逃してしまう。追いつめられた八栅は、とんでもない考えを思いつき、おもむろに口を開いた。

「ねえ、ひとつお願いがあるの。聞いてくれる？　朔夜にしかお願いができないの」

『また宴《うたげ》か……』

過日の宴での視線にうんざりしていた朔夜は、同行を頼まれると思い、あまり乗り気ではないようだった。しかし、八栅のお願いはそんなものではない。

「女装して、私の身代わりをしてくれない？」

『断る』

朔夜の答えは早かった。しかし、八栅もなんとか食い下がろうとする。

「大丈夫よ、朔夜は細身だし、私より綺麗《きれい》だから」

『こんな大柄《おおがら》な女がいると思うか。それに男に綺麗は褒め言葉じゃない』

「無茶は承知よ。けれど、来年には誰かの妻になって自由に行動できないかもしれない。そうしたら、歌垣を見られるのは、今回が最後かもしれないでしょう？」

最後かもしれない。この言葉に朔夜が弱いことを、八栅は見抜《みぬ》いていた。

これで、折れるはず。そう思っていた八栅に、思いがけない問い掛《か》けが返ってきた。

『今回で最後ということは、八梛はあの男との見合いに是《ぜ》の返事をする気なのか』

「どうしてそういう話になるの」

『いつも、見合いがあったその日には、結果がわかっていただろう。だが、八梛は断らない。相手の男は八梛の元に通いつめている。いったい、いつになったら是の返事をするつもりなんだ？』

責め立てるような朔夜の物言いに理《り》不尽《ふじん》さを覚え、八梛の頭に血が上る。

「そんなことは言ってないでしょう！」

『だが、拒《こば》んでもいないだろう』

拒めない理由を知りもしないで、と八梛は唇を噛《か》みしめる。だが、結局真実を口にできない八梛は話を打ち切るために身を翻《ひるがえ》した。

「もういい、朔夜なんかにお願いした私がおろかだったわ！」

一方的に歩み寄りの余地を切り捨てて、八梛は足音荒《あら》く御舎を飛び出した。

こうなったら朔夜の手など借りず、抜《ぬ》け出してやる。後で明るみになり大目玉をくらおうが知ったことかとなげやりな気持ちに満ちる寸前、一度だけ後ろを振《ふ》り返る。

だが、腹立たしいことに、呼びかける声はおろか、追いかけてくる影すらない。

「そうよ、もう朔夜に頼《たよ》るのはやめなくちゃいけないの」

だから、今ここに燃える怒りもかりそめのもので、いつか消えてなくなるのだ。

けれどもどうしてか、あの頭に響《ひび》いてくる声を期待している自分に嫌気《いやけ》が差し、部屋に戻《もど》る足を速めた。

夕闇《ゆうやみ》が過ぎ、やがて月が中天に上るころ、八梛は里への道をひたすら駆《か》けていた。

見張りの兵士たちの目を欺《あざむ》けるか不安ではあったが、呆気《あっけ》ないほど楽に宮の塀《へい》を飛び越《こ》えて、抜け出すことができた。

だが、自由になれたと一息ついたのもつかの間、たどる里への道に寂《さび》しさを覚えてしまうのは、隣にあのすらりとした姿を求めてしまうからだった。

「今まで、ずっとひとりで通ってきた道じゃない」

自らを叱咤《しった》するために呟《つぶや》くが、それでもとおりすぎていく秋風の寒さは身にしみた。

顔を上げれば、夏よりもずっと月が澄んでいることに気がつく。

「朔夜と一緒《いっしょ》にいる時は、空なんて見ていなかったものね」

それでも、里に近づくにつれて明かりがどんどん明瞭《めいりょう》になっていくと、翳り気味だった気分は明かりに誘われるように、徐々《じょじょ》に晴れていった。

そして、さらに近づくと風に乗って笛の音と人々の笑い声が届く。老いも若きも、みな集まっているようだ。その人の中に見知った姿を見つけて、八梛は駆け寄る。

「佐奈江、こんばんは」

「媛《ひめ》さま、来てくれたの？」

喜びを全身で表す佐奈江に、八梛は破顔しつつも、唇の前に人指し指を立てた。

「長くはいられないけれどね。あと、今夜は媛さまではなくて、やなぎと呼んで」

「うん、分かった。でも、やなぎって呼ぶの、不思議な感じ」

その後、何度か名前を音に乗せて、くすぐったそうに佐奈江は笑った。

佐奈江の笑顔を見て、やはり来てよかったと八梛は安堵《あんど》した。だのに、ふと朔夜の不満そうな顔が頭の片隅《かたすみ》で思い出されて、胸の奥がちくりと痛んだ。それを振り払《はら》うように、祭のにぎわいへと視線を移す。

「それにしても、みんなすっかりできあがっているのね」

顔見知りの者も多いはずだが、昼間と夜の明るさの違いのせいか、よっぱらって判断力が鈍《にぶ》っているせいか、八梛に気づく者はいない。

「大人はみんなお酒を飲んでるから、やなぎも気をつけてね。その、色々と……」

佐奈江の言葉は、どこか歯切れが悪い。

「なにが？」

「あのね、今日だけは男の人もなれなれしくしてくるから」

言われてみれば、宴席《えんせき》にいる若い男女の距離は妙《みょう》に近い。けれども、見た目に関して妹の九華と比べられ続けていたためか、八梛には妙な自信が備わっていた。

「大丈夫《だいじょうぶ》、佐奈江の側《そば》を離れないし、私に声をかける男なんていないわ。今度の見合いも、物珍《ものめずら》しさで言い寄られたみたいなものだからね」

「ええ！　媛さま、またお見合いしたの？」

媛と呼ばれて八梛は冷や汗《あせ》をかいたが、ざわめきに佐奈江の声は紛れたようだ。

「そうよ。ほら、以前川べりで会ったでしょう？　砂鉄を買いつけに来ていたあの男、豪族《ごうぞく》の若君だったの。父は乗り気で、私の怪力《かいりき》も受け入れると言われて」

歌垣で忘れかけていた憂鬱《ゆううつ》が戻ってくる。だが、なぜか佐奈江も顔を曇《くも》らせていた。

「ねえ、祝言をあげないことはできないの？　父さんも、媛さまにはどこかへ嫁《とつ》ぐよりも、上に立つ方になってほしいって言ってた」

意外なところからの反対の声に、八梛は戸惑いを隠《かく》せない。「そんな大それたことを」とたしなめようと思うが、存外に真摯《しんし》な眼差《まなざ》しで見つめられると、ぐっと言葉が喉《のど》につまってしまう。佐奈江の言葉を疑って、ないがしろにしたくはなかった。

「それに、朔夜のことはどうするの？」

唐突《とうとつ》に名前を出され、内心八梛は喧嘩《けんか》のことを見透《みす》かされたのかと動揺する。

「朔夜？　どうして」

「だって、好きなんでしょ？　朔夜のこと」

もう幼くはない佐奈江は、八梛がうろたえるような言葉をまっすぐにぶつけてきた。

自覚の無い感情の所在を問われて、八梛は確認するように繰《く》り返す。

「私は、朔夜のことを好きなの？」

「うん、だって朔夜のところに行くとき、いつも嬉《うれ》しそうだった」

自らの表情を見ることは叶《かな》わないが、いったいどんな顔をさらしていたのかと思うといたたまれなくなってしまい、八梛は苦し紛れになんとか話題をそらそうと試みる。

「きっと勘違《かんちが》いよ。それよりも、あれはなにかしら」

宴の輪の中心で、なにか長い布を持った者たちがつらなって足を踏《ふ》み鳴らしていた。それに囲まれるようにして、一対《いっつい》の男女が息を合わせて舞《まい》を繰り広げる。

いきなり話の矛先《ほこさき》を変えられたことに納得《なっとく》はいっていないようだったが、八梛に問われれば佐奈江は素直に答えてくれる。

「蛇《へび》の舞だよ、美千琉《みちる》媛の伝承にあやかってすてきな人を見つけられるようにって」

八梛は、蛇と聞いて顔を青ざめさせた。

「へ、蛇……？」

　煌々と燃えるかがり火に照らしだされていた八梛の顔が青ざめていく。やがて恐怖は体の震《ふる》えとなって現れ、慌てた佐奈江が背をさすってくれる。

「ごめんね、やなぎが蛇嫌《ぎら》いなの知ってたのに……」

　そのまま二人は、輪から離れて奥の静かな草むらへと分け入り、八梛だけそこに腰を落ちつけた。

「私は体をあったためる飲み物を取ってくるから、ここで休んで」

　あっという間に人々の集まりの中に戻っていく佐奈江の背を見送って、ぎゅっと八梛は胸元の乳白色の勾玉《まがたま》を握《にぎ》りしめた。

　朔夜がくれた蛇よけの守りに触《ふ》れていると、恐《おそ》れはすこしずつ小さくなっていく。

「やっぱり、朔夜と一緒にくればよかった」

　宴は好きではないと言っていたが、八梛が望めば彼は応《こた》えてくれただろう。

　だが、御舎《みあらか》での喧嘩を思い出し、不安が頭をもたげた。これまでも朔夜と言い合いをすることはあったが、ささいなことがきっかけとなって始まるいさかいは、どちらかが折れることでたやすく水に流すことができた。

　だが、今日は違《ちが》う。朔夜に責めるような言い方をされる覚えはなかった。そして、怒《いか》りの理由をただす余裕《よゆう》も八梛にはなかった。おたがいに拙かったのだ。

時間を巻き戻すことができればと悔《く》やむ八梛の上に、月明かりを遮る影《さえぎ》《かげ》が落ちる。

もしかしてと期待に弾《はず》んだ胸は、影の主の荒削《あらけず》りな容貌《ようぼう》を見とめるなり、みるみる間に冷めていった。

「よう、媛君。お忍《しの》びとは、なかなか大胆《だいたん》な真似《まね》をするじゃないか」

「蔵麻、どうしてここに」

「ここで歌垣があるって聞きかじったからな、お相伴《しょうばん》にあずかろうと思ったんだよ」

宮を訪れる時のまっさらな衣褌《きぬはかま》とは違うくだけた格好に、角髪《みずら》をほどいてひとつにくくっているが、まちがいなく蔵麻だ。すこし酒の匂《にお》いがしたが、まだ呂律《ろれつ》は回っているし、ふらついてもいない。

「そう呼ばないで。騒《さわ》ぎになりたくないの」

「そうだな、こちらとしても媛君が目立つのは得策ではない」

そして、突然蔵麻はこちらに石を投げて寄越《よこ》す。真っ黒な石の中に、血を落としたかのように赤い輝石《きせき》が埋《う》まっていた。珍《めずら》しい鉱石のようだ。

「受け取ったな？」

「え、ええ」

「見まく欲り　思ひしなへに　縵かげ　かぐはし君を　相見つるかも」

逢《あ》いたいと思っていたら、髪なんかめかしこんだお前を見た。とても麗《うるわ》しいお前を。

蔵麻からの突然の恋歌《こいうた》に、八梛は瞬《まばた》きを繰り返し、首を傾《かし》げる。

「なに、それ」

「今日は歌垣だ。だからくれよ、返歌。贈《おく》り物もした。さあ」

蔵麻の目が妖《あや》しく光る。それに吸い込まれそうになり、八梛は頭を振った。歌いあうのが歌垣の習わしなのだと聞いたが、恋歌に軽々しく応えることなどできなかった。

「なかなかに　黙もあらましを　何すとか　相見そめけむ　遂げざらまくに」

なんで黙っていないのかしら、どうしたってなにをしたって、この恋は無駄《むだ》なのに。

つれない女性がすげなく男を拒む歌だ。うまく返すことができたと八梛は安堵した。

「悪いけれど見合いの返事は父を通すわ。今の私は、ただこの祭を見に来ただけよ」

「へえ、この祭がなんのために行われるかも知らずにか」

誰も教えてくれなかった祭の意味を、この男は知っている。

ようやく欲しい答えを与えてくれそうな相手に出会ったことで、八梛は立ち上がって蔵麻に詰《つ》め寄り、問う。もはや、先ほどの蛇への怖《おそ》れはすっかり消え失《う》せていた。

「教えてちょうだい、今宵《こよい》はいったいなんのための祭なの？」

「この祭はな、年頃の男女が番《つが》う相手を探すための祭なんだよ。それこそ、媛君くらいのな。歌を交《か》わし、贈り物をし、たがいに納得がいけばすぐにでも夫婦になれる」

耳元で告げられる。蔵麻の声の持つ響きには、艶《つや》と凄《すご》みが滲《にじ》んでいた。

なぜそんな声で語りかけてくるのか、その理由に気がついて全身が粟立《あわだ》ち、身を引いた八棚だったが、引いた分だけ蔵麻は身を寄せて、再び歌を口にした。

「あが君は　わけをば死ねと　思へかも　逢ふ夜逢はぬ夜　二走るらむ」

お前は俺に死ねっていうのか。逢うも逢わないも、どちらも気まぐれなことで。

強引《ごういん》に腕を取られ、もう一方の手で頰《ほお》を包まれる。そしてその手が首筋を辿《たど》り鎖骨《さこつ》を確かめたあたりで、ふいに蔵麻は顔を歪《ゆが》めて手を引く。蔵麻が触れようとしたあたりには、例の朔夜の勾玉が八棚の勾玉とともに下がっていた。

圧倒《あっとう》されるばかりだった八棚はようやくいつもの調子を取り戻し反撃《はんげき》に移る。

だが、八棚の拳《こぶし》が蔵麻の腹に一撃《いちげき》をくれてやる前に、後ろから伸びてきた手によってふわりと体が浮き上がる。

『八棚から離れろ』

声が響《ひび》くよりも先に、八棚の体は朔夜によって抱《かか》えあげられていた。そして、抱えられたことで間近になった彼の顔の眉間《みけん》には、深い皺《しわ》が刻まれていた。

「朔夜？　どうしてこんなところに」

『どうせ、こんなことになっていると思っていた』

そうして、八梛は朔夜が抱《だ》きしめる腕に力を込めるのを感じる。

「ちょっと待てよ、それは俺が最初に見つけたもんだ」

剣呑《けんのん》な声で横槍《よこやり》を入れられた朔夜は、冷やかな眼差しを蔵麻に向ける。八梛は朔夜の腕から解放され、その背にかばわれた。同時に、朔夜は腰に佩《は》いていた剣《けん》をすっと差し出す。

八梛は、それに見覚えがある。あの月見の宴《うたげ》の時に、彼が使っていた物だ。聞けば、父神から賜《たまわ》ったものらしく、八梛は朔夜の本気を悟《さと》るが、対峙《たいじ》する蔵麻の方は怯《ひる》むどころか煽《あお》られたように高らかに声をあげた。

「なるほど、歌なんてまどろっこしい真似をしないで、力で解決しようってことか！　俺は嫌いじゃないぜ、そういうのは」

そう言って、蔵麻も懐《ふところ》から小刀を取り出す。

息を合わせたかのように同時に鞘《さや》を取り払った二人の間に、八梛は半ば強引に立ちふさがり、背にした朔夜に声をかけた。

「だめよ、朔夜！」

『お前は、この男をかばうのか』

頭に響く朔夜の声の一つ一つが、心を揺《ゆ》さぶり、背筋に冷や汗が流れる。朔夜の包《つつ》み隠されることのない怒りがどれほどのものか、八梛は身をもって思い知った。

けれども、覚悟《かくご》を決めた八梛は言葉を続けた。続けるしかなかった。

「私は、血に濡《ぬ》れたあなたを見たくなどない。だから、あなたに願うの」

朔夜が本気になれば、蔵麻をあやめるなどわけない。

だが、朔夜の力を殺戮《さつりく》に使ってほしくなどなかった。

神に願う言葉——祝詞《のりと》よりも切なる響きをもって、八梛は訴《うった》えかける。

「お願い、剣を収めて。朔夜」

背中から浴びせられていた蔵麻への殺気が、わずかにだが弱まる。続いて、剣が鞘に収められた音を耳にし、最悪の事態はまぬがれたことに八梛は安堵《あんど》する。

しかし、これで終わりではない。今度は、相対する男に向かい、八梛は口を開いた。

「蔵麻、あなたは去りなさい」

「へえ、そいつにはお願いで、俺には命令、か。けっこう傷つくぜ」

剣を下ろしてくれた朔夜とは対照的に、蔵麻は闘争《とうそう》の気配をまとったままだ。そして、いまだ抜《ぬ》き身の小刀は彼の手元でちらついている。

しかし、怯むどころか語気を強めて、再び八梛は命じた。

「去りなさい、蔵麻。今日は歌垣の夜だから、大事にはしない。けれども、私の大切な人を傷つけるのなら、私が相手になる」

「良い目だ。初めて会ったときに、俺にくってかかったときの目と同じ、人を喰《く》い殺しそうな目だ」

言葉とは裏腹に、蔵麻は一歩も前に踏み出そうとはしない。

否《いな》、踏み出せないのだ。そして、小刀をふるう為《ため》の腕は動かないのだと、なにかに押《お》し戻《もど》されているのだと、腕が押し戻されるように震えている様を見て悟る。

にらみ合いが、いくばくか続いた。その果てに折れたのは、蔵麻だった。

「ちっ、今日は痛み分けということにしてやるよ。また宮で会おう、媛君」

構えた小刀を下ろし、拾い上げた鞘に収めると、蔵麻は苦笑《くしょう》して祭の喧騒《けんそう》の方へと戻っていった。広い背が見えなくなるまで、八梛は構えを解かなかった。だが、完全に姿が遠ざかった瞬間、腰を抜かし、その場にへたりこんでしまう。

「なんとか、大事にならずに済んだわね……」

しかし、背後にたたずむ朔夜は、不快さがうかがえる声で八梛に語りかけてきた。

『俺には女装させようとしたくせに、あの男とは歌を贈り合うんだな』

振《ふ》り向いてすぐ後ろの朔夜を見上げるが、座り込んでいる八梛には、月の明かりが逆光になっているせいで、彼の表情は読めない。

「ちゃんと断りの歌を返していたじゃない」

『でも、その後の歌には返していなかった。俺は、八梛の願いしかきかない。八梛が願うことなら、何だって叶《かな》えてやる。なのに、どうして俺の手をとってくれなかった』

あのまま空気に呑まれていたら、八梛は蔵麻にすべてを奪《うば》われていたかもしれない。だからこそ、朔夜がああして強引に割り込んで来てくれたことには感謝している。

なのに、今の朔夜には礼を言いづらい。なにを言っても、彼の機嫌を損ねてしまうような気がする。だが、このままではいられず、必死の弁解を続けるしかない。

「本当に、私は彼の歌に応える気はなかったの。お願い、信じて」

『どうだか』

あまりにも頑《かたく》なな態度に、自らの非は認めつつも、段々と八梛は怒りが湧いてくる。

「どうして、あなたにここまで怒《おこ》られないといけないのかしら。朔夜は私の」

なんなのと言いかけて、八梛は言葉に詰まる。

朔夜はいったい自分のなんなのだろうか。なんと名付ければいいのか。

そこで、八椰は今の自分たちの関係が、ひどく曖昧《あいまい》なものだということを思い出す。

「朔夜は、私の……」

『俺は、八椰のかりそめの恋人だ。それくらい分かっている。けれど、気がついているか？　八椰は変わった。今だって、どんどん変わっていく』

「私が、変わる？」

『そうだ。俺とあの男のいさかいを止めた時、八椰は言霊《ことだま》の力を行使していた』

確かに、蔵麻はなにかに動きを封《ふう》じられていた。だが、にわかには信じられず、呆《ぼう》然《ぜん》と八椰はさきほどの光景を呼び起こした。

「うそ……、無我夢中で全然気がつかなかったわ。それに、私はてっきり朔夜が蔵麻の動きを止めたのだとばかり」

『違う。俺が使うのはもっと野蛮《やばん》な力だ。あれは正真正銘《しょうめい》、八椰の力だ』

それは、八椰の長年の苦悩《くのう》に差しこんだ一つの光明だった。

「今の私は、万那《まな》を正しく使えるの……？」

『ああ、だから今の八椰なら女王にだってなれる』

唐突《とうとつ》な話だが、どうしてそのことを口にしかけて、八椰は黙った。神になぜと問うのは無粋《ぶすい》なことだ。彼は、八椰がずっと秘めていた苦悩を知っていたのだ。

「知っていたのね。私は女王に『ならない』のではなくて、『なれない』ということを」

神から言葉を賜《たまわ》る大王は、言霊の力を操《あやつ》れなければいけない。

だから、八梛がどんなに願っても、大王となるべく研鑽《けんさん》を積んでも、その一点の問題だけで、次の大王となる候補からはじき出されてしまっていた。

だが、八梛に決定的に足りないものは、これで埋《う》められた。

『大丈夫《だいじょうぶ》だ。今の八梛なら人々に光を与えることができる。けれど、俺は見ているだけだ。それしか、許されていない』

かすれて響く頼《たよ》りない声に、八梛は彼の心の内をかいま見る。

今、朔夜はどうしようもなくひとりだ。夜空にぽつねんと浮《う》かぶ月のように、寄り添うものを求めて揺れ動いている。

『俺は見合いをやめろとも言えない。いつわりの時間しか与えてやれない。俺は、人ではないから。人と神は生きる時間が違《ちが》う。そして、生きるための物差しすらも、違っている。その二つが争わないよう、空に神を、地に人を、父神は分けた』

「でも、朔夜とは心を通わせられた。私はそう信じたい」

同じものを食べて、同じように歩いた時間を、八梛はすべて嘘《うそ》にしたくはなかった。

「確かに、私は百年生きられるかはわからない。明日あっけなく死んでしまうかもしれないし、もしかしたら百年以上生きるかもしれない。人である私に、明日は見通せない。でも……、いいえ。だからこそ一緒《いっしょ》にいたいの。失うことを恐《おそ》れて、触《ふ》れる前から手放して、一生を後悔《こうかい》するなど、絶対に嫌」

拒《こば》まれて、芽生えたばかりの恋心に息の根を止められるとしても、彼がいい。

真《ま》っ直《す》ぐな眼差《まなざ》しで八梛が訴えれば、観念したのか朔夜は長く嘆息《たんそく》した。

だが、一瞬閃《いっしゅんひらめ》いた瞳には剣呑な光が宿っていた。

『そうか。じゃあ、八梛は全部俺に奪われてもいいのか』

押し殺すような、低い、低い問い掛《か》けに続き、手首を縛められてしまう。

あけびを食べた時は、まるで子どものようだと思った手が、今は男の手をして八梛の手を捕えてくるのだから、自分を母親のようなどとは思えない。

『俺は神で男だ。いくら八梛が怪力《かいりき》でも、こうやって力《し》づくでものにできるんだぞ』

その言葉どおり、八梛はあっという間に朔夜に組み敷かれてしまった。

朔夜の肩越《かたご》しに満月が見える。月明かりに影《かげ》を作る肩は、こんなにも広かっただろうかと、どうでもいいことが頭をかすめる。

朔夜が八梛に触れる時はいつだって優しかった。けれども、今はまるで八梛を壊《こわ》そうとしているかのようで、その瞳に宿る熱に焦《こ》がされてしまいそうだ。

なのに、欲しいと強烈《きょうれつ》に焦がれてしまう自分を隠しだてできず、素直にさらけ出す。

「私は、それでも構わない」

なにもかも放《ほう》りだすような心地《ここち》で、八梛は告げた。これから起こるであろうことを、すべて正しく知っているわけではない。だが、どうしようもなく朔夜を愛《いと》しいと思う気持ちが、八梛から抵抗《ていこう》する術を奪い去った。

そして、唇に噛《か》みつくような荒《あら》い口づけが降る。

未知の激しさに、八梛は怖《おそ》れすら感じた。きっと、荒ぶる神に贄《にえ》に差し出された乙《おと》女《め》はこんな心地なのだろうと熱に浮かされた頭で思う。

けれども、こうして触れてくる彼の本当の気持ちを知りたいというおろかな願いのために、八梛はその熱さを受け入れる。胸の鼓動《こどう》がうるさい。体は病《やまい》を得たかのように、熱い。どうしてこんなにおかしくなってしまったのか。

だが、朔夜は考える暇《ひま》すら与えず、八梛が空気を求めてわずかに離れた間に追い打ちのように告げてくる。

『結婚なんてしなくていい。他の男の所になど行かなくていい。ずっと大王を助けて、いつか女王になればいい。どこにも、行くな。八梛』

すがる声をどうして拒めないのか、答えなど知っていた。とても簡単な答えだ。八椰は、この頼りない瞳をした男を、放ってなどおけないのだ。

「私が、朔夜を不安にさせたのね」

朔夜は肯定《こうてい》の言葉を伝えることはなかった。だから、八椰は思い切って拘束《こうそく》された手首を振りほどき、わずかに身を起こして朔夜を抱《だ》きしめた。

不意打ちの重さに朔夜は倒れ込み、その拍子《ひょうし》に緑の濃《こ》い匂《にお》いがふわりと広がった。動揺《どうよう》する朔夜の艶々《つやつや》とした漆黒《しっこく》の髪が八椰の頰《ほお》をなぜた。それがくすぐったくて、淡く笑みをこぼす。

「だったら、私に二心が――あなたを裏切る気持ちがないことを、誓《ちか》わせて」

『誓う?』

「誓約《せいやく》を、朔夜と交《か》わしたい。私は、朔夜にならば誓える。朔夜じゃないと嫌」

言霊の力が定まった今ならできるはずだ。神と人との不変の誓いを。

『どうして』

これだけのことをしておいて、と腹立たしくもあったが、同時に意地悪なことを思いついて、八椰は男の耳元でささやく。

「分からない? 今日は、歌垣の夜なのに」

八椰は、朔夜の額と自分のそれを合わせて、熱に浮かされた目で訴《うった》えかける。

わずかに、朔夜の口元が開きかけたのを目にして、八椰の鼓動は跳《は》ねた。

彼の持つ声はどんな風に八椰の耳に響《ひび》くのだろう。もし、この誓約を朔夜と交わすことができたなら、それも知ることができる気がして、八椰の唇はゆるく弧《こ》を描《えが》いた。

歌うように、八椰は誓約の言葉を紡《つむ》ぎだす。

「驊在大王《だざいのおおきみ》が娘、八椰が御月神に申し上げます。私は」

祝詞《のりと》とは違い、それは本当に素直な八椰自身からあふれた言葉だった。

「私、は……」

ふいに八椰は胸と喉《のど》に焼けつくような痛みを覚え、声が途切《とぎ》れる。

異変に気づいたのは朔夜も同じだった。しかし、なにが起こっているのかまだつかみかねている八椰とは違い、彼は明らかに焦《あせ》っていた。

『やめろ……、八椰！』

せっぱ詰《つ》まった物言いに、なにか尋常《じんじょう》ではないものを感じ、八椰は言葉を飲み込む。

けれども、今やめてしまえばなにも彼に与えることができない。だから、八椰は痛みを誤魔化《ごまか》すために胸元をかきむしりながらも、必死に続けた。

「わ、たし……は、さっ……や…………を」

『やめるんだ!』

口づけで言葉はすべて奪《うば》われた。その代わりに、搦《から》めとられた腕や合わさった胸、そして唇から朔夜の熱が与えられ、鼓動が荒《あ》れ狂《くる》う。

ようやく解放された八椥は、荒い呼吸を整える余裕《よゆう》もなく、間近の男の顔を双眸《そうぼう》でとらえた。そこに映るのは、ただ揺《ゆ》れる瞳で見下ろしてくる朔夜だった。

「さ、く……や?」

はっと、八椥は息を飲む。朔夜が視線を注いでいるのは、かきむしったことで衣《ころも》の隙間《すきま》からのぞいてしまった胸元だった。そこに、まるで昔からそこにあったような痣《あざ》が浮かびあがっている。月明かりだけで確認できるほど、それはどす黒く広がっていた。

「なに、これ……」

さきほどまで、そこにはなにもなかったはずだ。だが、痣は存在している。恐る恐る指でなぞるが、それは消えることはなかった。

「さく、や?」

身を離し、背を向けた朔夜は低く、静かに告げる。

『八椥、俺のことはもう忘れろ。八椥は、彼の妻になるんだ』

それは、言祝《ことほ》ぎのような呪《のろ》いだった。

見開かれた八椰の瞳から、すっと色が失われて、ただの空虚《くうきょ》な穴となる。

しかし次の瞬間、八椰は朔夜の肩をつかみ、無理矢理こちらを向かせて、掌《てのひら》でしたたかに頬を打った。朔夜の体はあっけなく横薙《よこな》ぎになる。

「なにか、言ってよ」

打たれた場所を押さえることもせず、朔夜は平然と起き上がる。

打ちのめされたかのように体を震《ふる》わせたのは、むしろ八椰の方だった。

「怒《おこ》ってよ、乙女は普通はこんなことしないって言ってよ、私など嫌《きら》いだと言ってよ！　もう二度と会いたくないと言って！　朔夜の言葉で言って！」

約束など、どうでもいい。誰の妻になるべきかなど、どうでもいい。

ただ、朔夜は八椰のことをどう思っているのか。それだけが知りたかった。

奔流《ほんりゅう》のような触れ合いを与えられて、このまま引き下がることなどできない。

だが、瞬《まばた》き一つの間に、朔夜の姿は忽然《こつぜん》と消えていた。

目尻《めじり》から、一つ、二つとこらえていたものがこぼれた。乱暴に袖《そで》でぬぐうが、一度切れてしまった堰《せき》は、もはや雫《しずく》を押《お》しとどめることができず、幾筋《いくすじ》も頬を伝っていく。

もっと、きれいなものだと思っていた。

思い描くだけで笑みを浮《う》かべられる、そういった無二の気持ちなのだと。

だから、きっと今この心に巣食っている醜《みにく》い感情はきっと恋ではない。

「嫌い、嫌い、嫌い、朔夜など大嫌い！」

八梛は夜天の月に向かって、罵声《ばせい》を浴びせた。その言葉は、どれもつたないもので、最後にはどう詰《なじ》っていいのかも分からず、あとはひたすら悲しみをぶちまけた。

こんな終わり方を、したかったわけではない。

けれども、彼を追うための脚《あし》が動かない。

彼を引き止めるための腕を伸《の》ばせない。

彼を呼ぶための声をあげられない。

悲哀《ひあい》と絶望にまみれた八梛が思いうかべたのは、家族の待つ宮の光景だった。

「帰らなきゃ……」

そうして、泣いたことで痛む頭を抱《かか》えてよろよろと立ち上がると、向こうから影が近づいてくる。警戒《けいかい》しかけるが、届いた声はよく知っているものだった。

「八梛！」

「父上……」

よりによって一番迎《むか》えに来てほしくない人物が迎えに来てしまった。

大王は大股《おおまた》で八椰に歩み寄ると、腕を取り、怒《いか》りのにじむ低い声で告げる。

「御日女神《ひめがみ》からすべて伺《うかが》った。それと、里の者からもな」

それは、里の人たちも生きた心地がしなかったのではないかと思いつつ、そういえば佐奈江はと八椰が口にしかけた瞬間、空気を震わせる怒声《どせい》が夜天に響いた。

「仮にも大王の娘ともあろうものが、歌垣で出自の知れぬ男に身を汚《けが》されたらどうするつもりだったんだ！　お前は祝言もあげていないのだぞ！」

説教の声を聞き流し、放心状態の娘に違和感《いわかん》を覚えたのか、大王は怒声をゆるめる。

「どうした、八椰。そんなに目を腫《は》らして……。まさかすでに」

その声に、八椰は全《すべ》てを洗いざらい話してしまいたい衝動《しょうどう》に襲《おそ》われた。

もう、誰かのために恋の歌を歌うことは二度とできない。ずっと孤独《こどく》でいるのだと。

だが、唇が紡ぎだしたのは、八椰の意に反する明朗な響きの言葉だった。

「父上、私、蔵麻と祝言をあげます。だから、どうしても最後に歌垣を見ておきたかったのです。心配をおかけしてしまい、もうしわけありませんでした」

違《ちが》うと否定しようとするが、刹那《せつな》、胸元に仕舞《しま》っていた勾玉《まがたま》がほのかに熱を帯びた。

『八椰は、彼の妻になるんだ』

おそらく、神の言霊《ことだま》が働いたのだ。これが、朔夜の望みなのだ。

八梛は、崖《がけ》の上に置き去りにされた心を突《つ》き落とされたような心地《ここち》を味わった。

「なんだ、そうか、ついに決意してくれたか！」

喜色に満ちる父を見て、八梛は悟《さと》る。もう、戻《もど》れないのだと。

朔夜と並んで見た月も、ともに食べたあけびの甘さも、なにもかもが今は遠かった。

＊　＊　＊

荒々《あらあら》しい足音が、御舎の板張りの床《ゆか》を打った。

それが誰のものなのか確かめる必要がない御舎の主は、振《ふ》り返ることもしなかった。

「祭はどうだった。よい時間を過ごせたか？」

なにがあったかを知っていてあえて問えば、弟神は怒りを煽《あお》られたようで、ぎりりと歯嚙《はが》みした。その苛立《いらだ》ちのまま、日耶は肩をつかまれ、無理矢理振り向かせられる。

『知っていたのか』

なにを、とは訊《き》かない。だが、その様子からすべてを悟った日女神は「ああ」と鷹揚《おうよう》に答えた。

『どうして俺に黙っていた。どうして……八梛に逢《あ》わせた。答えてくれ、姉上』

「では、言っていたら、そなたはあの娘の前に立てたか？」

『立つわけがないだろう！』

激昂《げっこう》した朔夜の気が空気を震わせ、風の刃《やいば》を生み出す。それは、日耶の頬《ほお》に一筋の傷をつけ、こぼれ落ちた雫を乱雑に指先でぬぐった日耶は冷えた瞳を弟に据《す》える。

「悪いが、また周りの者に気をもませるほどのいさかいをそなたとするつもりは毛頭ない。ここには、妾《わらわ》が守らねばならない者たちがいるのでな」

いつものふざけた色を一切取り払《はら》って応える冷えた日女神の瞳と、燃え盛る月神の瞳とがぶつかり合い、せめぎ合う。それから最初に逃《のが》れたのは、弟たる月神の方だった。

踵《きびす》を返した弟に、姉は強い調子で問う。

「いずこへ行く」

『天つ空に戻る。俺は、もう二度と八梛には会わない』

「耐《た》えられるのか」

春に出会い、夏が過ぎ、秋が巡《めぐ》ってきた。日女神が一人の少女と一柱の神を見守ったのは、そう長くはない時間だ。

けれども、光そのもののような娘とふれあう中で、三百年続いた弟神をとりまく闇《やみ》はたしかに晴れていった。

その輝石《きせき》のように尊い記憶をすくい上げることを拒《こば》んだ男の手は、拳《こぶし》を形作る。強く握《にぎ》りすぎてくいこんだ爪《つめ》が皮膚《ひふ》を切り裂《さ》き、一筋二筋と流れる血が滴《したた》ったことで、まるで涙のように板張りの床に染《し》みが生まれる。

『また、殺してしまうくらいなら、俺はひとりで朽《く》ちていく』

五章

神々の棲《す》まう空はいつだって穏《おだ》やかで、久方ぶりに故郷を訪れた日耶《かや》を優しく迎える。だが、今日の彼女の目的は、その優しさの中で羽を伸ばすことではなかった。

「聞えるか、弟よ」

岩屋を前にして、日女神はつれづれに語りだす。

「あれの花嫁衣装は、もうとっくに出来あがっていた。それなりに、美しかったぞ。もっとも、そなたは見ることはないだろうがな」

決して開くことのない岩の向こうに、淡々《たんたん》と呼びかける。

残酷《ざんこく》なことをしていると、日女神は重々承知している。けれども、はるか遠くで同じように嘆《なげ》き暮らしている少女の絶望を思うと、口にせずにはいられないのだ。

自らにできるのは、今この手の中にある事実と、ほんの少しの予見を与えてやることだ。だが神の力をもってすら、時として大きく道筋を違えてしまうことがある。

後悔《こうかい》をしても、岩戸は開かず、祝言までの時間は刻一刻と迫《せま》っている。そして、日耶自身も神としての定められた役目を疎《おろそ》かにはできない。

「あの状態の八椰《やなぎ》を置いて出雲《いずも》へ向かうのは気が引けるがのう……」

冬の少し前、八百万の神たちが出雲へと集《つど》い宴《うたげ》を催《もよお》す。

弟が出てこない上に、自分まで神々の集いに欠けては父神の威信《いしん》に関《かか》わる。

神の身ですらままならないことの多さに、日女神は唇を強くかんだのだった。

＊　＊　＊

八椰の祝言の準備は着々と進み、すべてがまるで飛ぶ矢のように過ぎ去っていった。

大王が長く待ちわびた八女の祝言には、今までにももっとも多くの客が集まるという。

食事の用意もとにかく手間と時間がかかっており、男たちは狩《か》りに、女たちは料理の下ごしらえに忙《いそが》しい。

花嫁たる八椰はというと、すっかり手持ち無沙汰《ぶさた》になってしまった。

歌垣の夜に抜《ぬ》けだしたことで、監視《かんし》の目が強くなっているからだ。今は、常に部屋の外に見張りがついていて、八椰が外出するときは、見張り役が後ろを影《かげ》のようについて回る。父の懸念《けねん》は、いつまでも払拭《ふっしょく》されることはないようだった。

そこまで警戒しなくても、もう逃げる気などとうに失《う》せている。

今日は、誰も着る当てのない衣《ころも》を黙々《もくもく》と縫《ぬ》っている。暇《ひま》をつぶすには丁度いい仕事で、いつしか八棚の隣には装束の山が出来あがっていた。

「姉さま、調子はどうですか」

部屋にこもって針仕事をしている八棚を見舞《みま》ったのは、九華《このか》だった。八棚の婿《むこ》が決まり、縁談《えんだん》がついに解禁となった妹だったが、この時を待っていたと言わんばかりに押《お》し寄せた男たちをすべてはねのけているという。断られ続きだった八棚にとって想像もつかない話だが、もっぱら九華の関心はそこにはないらしい。

毎日、彼女はこうして八棚を見てはため息をつく。その繰《く》り返しだ。

「ええ、大丈夫よ。あなたはご機嫌ななめのようだけれどね」

冗談めかして笑ってみせると、九華は焦《じ》れたようで、彼女にしては珍《めずら》しく荒《あら》っぽく腰を下ろした。

「なにが不満なのですか、姉さま」

「不満？」

八棚は手元の布と針から視線を上げない。ひたすらまっすぐで、乱れることのない糸目は、婚約前の八棚からは考えられない整い方をしていた。

簡単だ。なにも考えなければいいのだ。

ひたすら縫っていなければ、なにか手を動かしていなければ、余計な考えが八梛を蝕《むしば》んでいく。それから逃れたくて、八梛はとりつかれた様に針を進めていた。

だが、九華は八梛の作業の手を阻《はば》もうとするかのように迫ってくる。

「今の姉さまの顔は、祝言前の花嫁の顔ではない。生《い》け贄《にえ》になる前の娘の顔です」

「まるで、見たことがあるような口振《くちぶ》りね」

口元に笑みすら浮《う》かべて、八梛は言った。すると、九華の口がますますへの字に歪《ゆが》んでいく。のらりくらりとごまかす態度は、九華のなにかに火をつけたようだった。

「ごまかさないでください」

「別に、私のことなどいいではないの。それに、次は九華の番よ」

「わたくしは、祝言などどうでもいい。そして、もし本当にこの方だと決めたのなら、姉さまが嫁入り前だろうと父上に反対されようと、相手にさらわせてみせると言ったでしょう」

自分の美貌《びぼう》を信じて疑わないからこそ言えるのだろう。ようやく手の中の布と針を置いて、恥入《はじい》ることもせずに堂々と言い切った妹を八梛はまじまじと見つめる。

「そう……、そうね、九華だったら、きっとたやすく叶《かな》えてしまえるでしょうね」

「勝手に納得《なっとく》しないでください！」

「あら、九華は納得していないのね」

まるでだだをこねる子どものように、九華は口をとがらせている。

「当たり前です。わたくしは、そんな顔の姉さまを見たいわけではなかった。たしかに、恋人ごっこは長くは続かないと申しました。けれども、こんな終わりを望んでは」

「いいえ、九華の言葉で気がついたの。いつまでも、媛《ひめ》のままではいられないと」

この身に背負うのは、自らの恋だけではいけない。大王の娘として、八の媛として、八梛は夫婦の契《ちぎ》りを交《か》わさなければいけない。決して、恋情《れんじょう》に突き動かされて、一夜の契りを交わすなど、あってはならないことだ。

だから、九華のせいではないし、恨《うら》むつもりもない。いずれ訪れた別れだったのだ。

けれども、九華の中ではまだ収まりはついていないようで、ぎゅっと唇をかみしめ、一拳に力を込めるのが見て取れた。

「でしたら、最後に一人会っていただきたい者がいます。さあ、いらっしゃいな」

九華が部屋の外へと呼びかける。いったいだれがといぶかしむ八梛の表情が、おずおずと姿を現した少女を捉《とら》えるなり驚《おどろ》きにすり替わる。

「佐奈江《さなえ》！　どうしてここに」

いつもよりも上等な衣をまとっているが、間違《まちが》いなく八梛の良く知る少女だった。

遠慮《えんりょ》しているのか、駆《か》け寄ってくるのではなく、ためらいがちに部屋の中に足を踏《ふ》み入れ、佐奈江は控《ひか》えめな声で告げた。

「衛士《えじ》の人と押し問答《もんどう》をしていたら、九の媛がとりなしてくださったの。どうしても媛さまに会って、謝りたくて。歌垣の夜は迷惑《めいわく》をかけて、ほんとうにごめんなさい」

なにを言うのかと八椰は真っ向から否定する。

「謝らなくてはいけないのは私の方よ。あんなことになってしまって、お父様にたいそう怒《おこ》られたでしょ？　佐奈江のお父様にも、本当になんと謝ればいいのか……」

あの場は父が上手く収めたと聞いていたが、媛を貞操《ていそう》の危機にさらすような場所へと誘《さそ》った佐奈江はただでは済まなかったはずだ。

自分のことの始末に精一杯で、佐奈江をかばうところまで手の回らなかったことを、八椰はずっと後悔していた。だが、肝心《かんじん》の佐奈江は意外にも明るい声で応《こた》えた。

「父様の雷なんて慣れてるよ。けど、媛さまは外に出られなくなったのでしょう？」

「それは……」

禁じられたからというよりも、外に出る気力も湧かなかっただけだ。だが、どう答えるべきか悩んでいるうちに、佐奈江は八椰に足りないものに気づいてしまう。

「そういえば、媛さま。朔夜《さくや》は元気なの？」

朔夜は、もうどこにもいないのよ。笑顔でそう返すことができればよかった。だが、言葉が出てこず生じた間がなにを意味するのか、佐奈江は敏感《びんかん》に察知したようだった。

「媛さま、なんで黙っているの？　朔夜は」

もうこれ以上問われることに耐《た》えきれず、八棚は遮《さえぎ》るように言葉をかぶせた。

「佐奈江、私は祝言を挙げるの。ほら、前に言っていたでしょう？　遠くの人だから、今までのようには佐奈江に会いに行けなくなるのは寂《さび》しいけれど、父上はいい相手だと言っているし、相手の住んでいる所は製鉄が盛んなの。良質の鉄を手に入れられれば、もっと生活がよくなって」

「媛さまは、本当にそれでいいの？」

佐奈江は静かに問う。

ぐっと言葉が喉《のど》につまり、うまく音になってくれないことに、八棚はもどかしさを覚える。なにひとつままならない自分自身が情けなくて、八棚は目を伏せた。

だが、それでも佐奈江は辛抱強《しんぼうづよ》く語りかけてくる。

「私、あまり頭よくないし、まつりごととかはよく分からない。けど、媛さまのことはよく知ってる。私の知ってる媛さまは、うれしいときはうれしいって言って、太陽みたいに笑う人。それで、朔夜のところに行く時はいつも、とってもうれしそうな顔をしてた。ねえ媛さま、今日は宮に冬の間の保存食を納めに来たの。私も木の実を取るの手伝って、一生懸命《けんめい》作ったの。媛さまと朔夜に仲良く食べてほしくて」

そして佐奈江の小さな手から出てきたのは、干した棗《なつめ》の実だった。それを受け取るが、託《たく》された想《おも》いの重さに、負けてしまいそうになる。

「姉さま、今からでも遅くはありません。この祝言を取りやめても」

佐奈江と九華の訴《うった》えに、ぐらりと決意が揺《ゆ》り動かされる。だが、胸に浮かび上がった痣《あざ》を目《ま》の当たりにした朔夜の青ざめた顔が鮮明《せんめい》に蘇《よみがえ》ってくる。

八槻は拒《こば》まれてしまった。だから、焦《こ》がれる姿を塗《ぬ》りつぶし、見ないふりをする。開いてしまいそうな蓋《ふた》に、重しを乗せて、深く、暗いところへと沈《しず》めてしまう。

「取りやめる？　もう時間は五日とないのに。それこそ、戦《いくさ》でも始まらなければ、祝言なんて取りやめにならないわ」

物騒《ぶっそう》な言葉を口にした時、ちょうど部屋の外で侍女《じじょ》が声をかけてきた。

「八の媛さま、禊《みそ》ぎの準備が整いました」

部屋の外に控えた侍女に「今、行きます」と応えると、八槻は静かに立ち上がった。

「姉さま！」

「媛さま！　待って！」

呼びかけに、八梛は応えない。振《ふ》り返らないまま、諭《さと》すように穏《おだ》やかな声で告げた。

「佐奈江、来てくれてうれしかったわ。本当にありがとう。それから九華、あなたは私みたいに父上を困らせてはだめよ」

最後に精一杯取り繕って、八梛は禊ぎのための泉へと向かうのだった。


夫婦が契りを交わすのは一種の神事で、八眞土《やまと》では夫婦となる男女が清らかな身であることを示すため、婚姻《こんいん》が近づくと禊《みそぎ》をするのが習わしだった。

夜の空気は最近ますます冷え込んできている。

そんな中で禊ぎなど、以前の八梛であれば愚痴《ぐち》をこぼしていたはずだ。

だが、最近の八梛は水に浸《ひた》っているうちに体の感覚がなくなっていくことが嫌いではなくなっていた。体と同時に、心も冷えていき、なにも考えなくて済むからだ。

だが、禊の泉に浸る今の八梛の心は、千々に乱れている。

九華と佐奈江、二人の言葉が先ほどからずっと頭にこびりついて離れないのだ。

今頃になって生じた迷いを洗い流そうと腰まで水につかり、手ですくった水を頭からかぶる。肌に張りついた髪が邪魔《じゃま》で手で除《の》けると、闇《やみ》に浮かぶ白い色彩《しきさい》を見つける。

まっすぐにこちらを見つめる澄《す》んだ瞳は、出会った頃《ころ》と変わらず印象的で、それゆえ唯一無二《ゆいいつ》である面差《おもざ》しを間違えるはずなどない。

「沙霧《さきり》……」

相変わらず前触《まえぶ》れもなく、空気から溶《と》け出るかのように、沙霧は訪れるのだ。

だが、もう驚くこともなくなってしまった。八椥は、あの日女神《ひめがみ》のように急に現れては消える少女の存在の本質に、なんとなく感づいてしまったからだ。

いくら志木《しき》の里で両親を探しても、みつかるはずがない。沙霧は、神なのだから。

「今日は、どんな風に私を導いてくれるの？　それとも、この期《ご》に及《およ》んで未練たらしい私を、叱《しか》りに来てくれたの？」

沙霧はなにも答えない。神に厭《いと》われ、もはや言葉をかけることすらためらわれるほど、この身は落ちぶれてしまったのかと、弱った心で八椥は自らを嘲笑《あざわら》う。

「ねえ、本当の名前を教えてくれない神様、私はどうすればいいの」

もう一度問いかけたところで、ようやく沙霧は動きを見せる。だが、首を横に振る幼い少女の所作に、八椥はにわかに混乱する。

「え？　だったら、あなたは」

何者なのと訊《き》く前に、答えは返ってきた。

「さきりはさきり。かみじゃない。ひとでもない。さきりは、かあさまの、こども」

沙霧が指さしている先にいるのは、八棚自身だ。なにを言っているのかと笑い飛ばそうとするが、唇がひきつり、声も上げられない。

そして、禊のための泉のほとりへと一歩、二歩と歩みを進めてきた沙霧が、おもむろにぎゅっと握《にぎ》ったままの手を開く。その拍子《ひょうし》に、手からこぼれ落ちた翡翠色《ひすいいろ》の勾玉《まが》《たま》が、禊ぎの泉に波紋《はもん》を生み出し、吸い込まれていった。

「あっ……！」

水に沈んでしまう前に勾玉をすくいあげなければと手を伸ばした八棚は、水の中から発せられた強烈《きょうれつ》な光にさらされ、たまらず瞼《まぶた》を堅く閉じる。

しかし瞼を透過《とうか》して届く光に目眩《めまい》すら覚え、立っていられなくなってしまう。

このままでは水の中で窒息《ちっそく》してしまう。溺死《できし》は苦しいと聞いているが、もがくこともできず、ただ冷たさの中に沈む八棚が最後にたどり着いたのは、妙《みょう》な浮遊《ふゆう》感だった。

体に力が入らない。声も出せない。

しかし、一番近い場所——己《おのれ》の中から声が届いた。

『ねえ、私はあなたをなんと呼べばいいのかしら』

声の主を確かめたくて、八棚は閉じていた瞼を開く。すると、視界に広がったのは水底ではなく、緑生い茂《しげ》る森だった。木々の間から降り注ぐ木漏《こ》れ日《び》に照らされた塊《かたまり》がもぞりと動く。

その傷だらけの姿は、確かに八椰がよく知る面差しをしていた。

朔夜！

衝動的《しょうどう》に、八椰は久しく唇にのせていなかった名を呼んだはずだった。だが、声は音になることはなく、伸ばそうとした手も意思を無視し、すこしも動いてくれない。

八椰がもどかしさに身をよじると、ようやく手が伸ばされる。しかし、手が朔夜に届く前に、激しさだけで紡《つむ》いだような声をぶつけられる。

『俺に触《さわ》るな！』

八椰は気圧《けお》される。彼の眼差《まなざ》しに宿るのは、ほとばしる様な爛々《らんらん》とした輝《かがや》きで、恐怖で足がすくんでしまいそうだった。

だが、再び体の中から軽やかな笑い声が上がる。

『あなたは、まるで気が立っている手負いの獣《けもの》みたいね』

揶揄《やゆ》された男は面食らい、瞠目《どうもく》するしかないようだ。だが、それは八椰も同じだ。笑ったつもりなどないのに、体が勝手に笑いだし、それを見つめる自分がいるのだ。

ようやく、八椰はこの不可解な状態を理解し、受け入れる。

今、八椰は誰かの思い出を見ているのだ。少女の中から、ただの傍観者《ぼうかん》として。

『私は美千琉《みちる》。志木の里に住まう槇人《まきひと》の九番目の娘よ』

歌うように、少女は告げた。長く語り継《つ》がれることとなる、その名前を。

『あのね、この国では言葉が幸せなこと、すてきなことをたくさん運んでくるの。だから、あなたがなんという名前か教えてくれたらうれしいわ』

長い長い逡巡《しゅんじゅん》の後に、朔夜の唇が薄く開かれる。

『俺の名は――』

朔夜が口にしたのは、八梛の知らぬ仰々しくて、けれども美しい名だった。

直後に光景は一変し、夜闇《よやみ》が広がる。かがり火があちこちにたかれ、人々が酒を酌《く》み交《か》わしているところを、美千琉と朔夜は遠くから眺《なが》めていた。

『ねえ、たまには宴《うたげ》もよいものでしょう』

『俺は、うるさいのは嫌いだ』

不満げな声で答えた朔夜は唇を引き結ぶ。八梛のよく知る、不機嫌《ふきげん》な時の彼の癖《くせ》だ。

『来年も、またこうしていられるといいわね。再来年も、その先も、ずっと、ずっと』

そうして、見上げた先には、呆《あき》れつつもどこか優しげな朔夜の横顔があった。

『お前が生きていたらな』

消極的な是《ぜ》の答えによろこぶ美千琉の心の内が流れ込んでくる。そして、少女は感情のままにそっと朔夜に身を寄せるが、重みもぬくもりも拒《かな》まれることはなかった。美千琉の中から見る景色はひどく優しくて、それゆえに哀しい。

八椰は美千琉ではない。こうして、他人事のように過去の光景をなぞっていくことしかできない。だが、目をそらすこともできずに、先を求めてしまう。

次は、燃えるような夕焼けを二人で見ている光景だった。

『私が行かなければいけないの。私が大蛇《だいじゃ》の元へ行けば八眞土は救われるから』

『じきにまた違《ちが》う娘が大蛇へ贄《にえ》に差し出されるだろう。お前はそれでいいのか』

うつむいて、美千琉は男のまっすぐな視線から逃《のが》れようとする。だが、体を引き寄せられ、耳元にささやきと熱を帯びた吐息《といき》がかかった。

『俺が守る。美千琉を大蛇に食らわせるものか』

この時の美千琉の胸の内が、奔流《ほんりゅう》となって八椰の中に流れ込んでくる。

美千琉には喜びしかなかった。けれども、守るということは彼が手を汚《よご》すということだ。こんなただの人の娘を守るために、貴い神の御手《みて》が穢《けが》れる。そんな暗い喜びに身をゆだねていることに、ほの暗い罪悪感を覚える。

それでも、彼がいてくれたら、それだけで構わないと思っていた。

あの、運命の夜が訪れるまで、愚《おろ》かに美千琉はそう信じていたのだ。


べっとりとした、嫌《いや》な感触《かんしょく》が胸に広がった。なんだろうとそのあたりに手をやると、真《ま》っ赤《か》に濡《ぬ》れた手が目の前にあった。ぽたり、またひとつぽたりと、粘度《ねんど》をもった生温かい雫《しずく》が地面にできた赤い水たまりに落ちる度《たび》に、鉄の臭いが鼻をついた。

そして、視線を上げた先にいたのは血で衣褌《きぬはかま》を赤く染《そ》め抜《ぬ》いた朔夜の姿だった。

『去《い》ね、去ね、去ね』

八つの頭を持つ大蛇の首が、一つ一つ斬《き》り落とされていく。その度に血の水たまりが池となり、湖が生まれ、海となって大地を潤《うるお》していく。終わりを知らぬように、とめどなく血はあふれ続ける。赤い雨の中で朔夜が浮《う》かべたのは、狂《くる》った笑みだった。

爛々と輝く瞳が、こちらに向けられる。

圧倒《あっとう》的な暴力を止める術《すべ》を持たない少女が感じたのは、ひたすら純粋《じゅんすい》な恐怖だった。

目眩がするほどの圧倒的な恐怖が流れ込み、八梛も恐慌《きょうこう》を堪《こら》えるのがやっとだ。

『来ないで！』

その声に、男は手にしていた剣《けん》を取り落とした。

『あなたは、私を守ったのではない。あなたは、あなたの狂気《きょうき》におぼれただけよ』

『違う、違うんだ……。俺は』

ずるずると、血だまりの中から拾い上げた剣を引きずりながら近づいてくる。

その姿から逃れようと、自然と足が後ろへ後ろへと下がる。

かつて、愛情を込めて見つめたはずのその姿が、今となってはただ恐《おそ》ろしかった。

『来ないで……。その血に濡れた手で、私に触らないで!』

最後に見た彼の顔は、受けた言葉に傷つき、虚《うつ》ろに落ちる寸前のそれだった。


そこで、すべては終わった。

びくりと痙攣《けいれん》した八栁は、感覚を取り戻《もど》した体が泉の中ではなく草の上へと横たえられていたことを知る。ゆるゆると身を起こすと、傍《かたわ》らには沙霧がひざをついていた。

空に視線を巡《めぐ》らせると、ほっそりとした月が見えた。だが、それも幻《まぼろし》ではないかと疑いそうになるほど、今自分の身に起きたことを八栁は信じられなかった。

「今のは、なに……?」

八栁ではなく、美千琉として朔夜を見つめていたあの時間は、沙霧がもたらしたというのだろうか。だが、沙霧が与えてくれたのは八栁の求めた答えではなかった。

「かあさま」

「急に、なにを言いだすの……」

しかし、沙霧は悲しみの色に満ちた瞳でこちらを見据《みす》えていた。

「かあさま、わすれてしまったの？」

「私は、あんな光景など知らない。こんな悲しみなど知らない」

八椰はまるですべてから逃れようとするかのように腕で視界をふさぎ、頭を振《ふ》った。

だが、沙霧の言葉は続く。

「だって、かあさまはしってる。どうして、そんなにおむねがいたいのか。なんで、なみだがでそうになるのか」

八椰は慌《あわ》てて自らの胸元をまさぐる。しかし、あの生温かい感触は既《すで》になく、ただ禍々《まがまが》しい痣《あざ》が広がるばかりだ。どす黒くこびりついた血のようにも見える黒い染《し》みをたどり、一つの答えを八椰は受け入れた。

「あれは、美千琉は私だったの？」

沙霧は首を縦に振った。

「私は、朔夜を知っていたの？」

再びゆっくりと沙霧はうなずいてみせた。

「私が、朔夜を傷つけたの？」

最後の問い掛《か》けに沙霧はなにも示さなかった。しかし、頭が横に振られることはなく、それが精一杯の肯定《こうてい》なのだと八槻はわかってしまう。

「日耶は言っていた。八眞土から戻ってきた朔夜は言葉を封《ふう》じてしまったと。朔夜は力を使うことを怖《おそ》れていた」

ばらばらだったかけらたちが、どんどんつなぎあわされていく。いびつに組み合わされたそれが形を成した時、八槻は残酷《ざんこく》な事実に気づく。

「最初に拒《こば》んだのは、『美千琉』の方だったんだ……」

そして、ようやく朔夜が口づけだけを残して去った理由を知る。

拒まれたのではない。彼は手放すしかなかったのだ。

怯《おび》えられる前に怯えさせて、一線を引こうとした。愚《おろ》かな八槻がそれを飛び越《こ》えてくるとも思わずに。

「だいじょうぶ、まだ、おわってない」

とぼしい沙霧の表情に色が宿る。笑いながら、沙霧は言った。

もしも、許されるのなら。そんな甘美《かんび》な願いを、八槻は驚《おどろ》くほど素直に口にした。

「私は、……私は朔夜と一緒《いっしょ》にいたい。嫌《きら》われたくなどない。けれども、もう二度と会えなくなるのはもっと嫌」

「それをいうのは、わたしじゃないよ、かあさま」

まだ、遅くはない。それを悟《さと》った八栅は、勇気をくれた少女をかたく抱《だ》きしめた。

「父上の所に行ってくるわ。ありがとう、沙霧」

媛《ひめ》としての立場も信頼《しんらい》も失うかもしれない。だが、愚かさを承知で八栅は行くのだ。

祝言を、取りやめる。なんとしてでも止めなければならないと、八栅は覚悟《かくご》した。

「まって、これ」

そう言って沙霧が取り出したのは翡翠色《ひすいいろ》の勾玉《まがたま》だった。先ほど泉に落としたはずのものをなぜ持っているのかと不思議でならなかったが、沙霧はそれを差し出してきた。

「いまのかあさまなら、わたせる」

「これはあなたの勾玉でしょう」

ふるふると沙霧は首を横に振った。

「これは、まえのかあさまのかたみ。だから、かあさまのぜんぶ、ここにあるよ」

そして、手に押しつけた勾玉を握《にぎ》らせようとする。だが、幼く柔《やわ》らかな手を傷つけない程度の強さで、八栅は遠慮《えんりょ》をやんわりと押《お》し戻した。

「せっかくだけど、遠慮しておくわ」

「どうして」

驚きに沙霧は目を見張るが、八椰は頭を振った。

「私は、私ひとり分だけの思い出で十分に生きていけるから」

「いらないの？」

「要《い》らないとか、そういうことではないわ。それは美千琉のもので、私には遠く及《およ》ばないものなの。けれども、同じように私にも誰にもあげられない思い出があるの」

分け入った山で朔夜が見つけてくれた春の花の芳しさ。

魚を取るためにともに入った夏の川の冷たさ。

切ない別れを予感しながら並んで見た秋の夕焼け。

朔夜の傍らで感じたすべてを譲《ゆず》れといわれても、絶対に八椰が手放すことはない。

「私が美千琉だったから、会いに行くのではないわ。八椰が、朔夜というひとりの人を求めるから、会いに行くの」

そして、光を取り戻した瞳で、八椰はまっすぐに前だけを見た。

真新しい衣《ころも》に袖《そで》を通し、八椰は父のいる部屋を目指した。板張りの床《ゆか》を打つ足音は、八椰の胸の高鳴りそのままに早く、大きかった。

だが、その途上《とじょう》で八椥は思いがけず女の声に呼び止められた。

「待ちなさい、八椥。禊《みそぎ》をしているのではなかったのですか」

振り返った先にたたずんでいたのは、母の御那賀《みなが》だ。

八椥の心が揺《ゆ》さぶられ、ただ朔夜だけを狂おしく恋《こ》い求める衝動《しょうどう》に歯止めがかけられる。さらに、歩み寄ってきた母にそっと頬《ほお》を撫《な》でられたことで、八椥の決意はますます鈍《にぶ》り、答える声も自然と歯切れが悪くなってしまう。

「禊は、終わりました……」

「ならば、はやく体をあたためなさい。こんなにも冷たくして」

母は厳しい人だ。けれども、彼女から飛ぶ叱責《しっせき》を一度も恨《うら》んだことがないのは、その言葉の裏に娘を思いやる心をたしかに感じていたからだ。

恋い求める者のために、この優しい手を捨て去ることになるかもしれない。それほどにだれかひとりを思う罪深さを、あらためて八椥は突《つ》きつけられた心地《ここち》がした。

「母上、八椥という娘はもういないものと思ってください」

唐突《とうとつ》な言葉に聞こえただろう。御那賀は珍《めずら》しく目を見張り、かける言葉を考えあぐねているように見えた。惑《まど》う母に、八椥はたたみかけるように告白を続ける。

「私は、行かなければいけない所が、迎《むか》えに行かなければいけない人がいるんです。

だから、もう蔵麻《くらま》と祝言を挙げることはできません」

御那賀の驚きの表情が、渋面《じゆうめん》へとすり替《か》わる。当り前だ。こんな時に祝言を取りやめるなど前代未聞《みもん》の事態で、いったいどれだけの者に迷惑《めいわく》がかかるかもわからない。

父のところへたどりつく前に、自らの恋を諦《あきら》めなければいけなくなるかもしれないことが恐ろしくて、けれども逃《に》げ出すことだけは嫌《いや》で、八椰はじっと断罪の時を待つ。

だが、母の口から漏《も》れ出たのは怒声《どせい》ではなく、嘆息《たんそく》だった。

「お前も行くのですね。私のように、故郷も家族を捨てることを覚悟して」

思いがけない話に、八椰は一瞬《いつしゆん》呼吸を忘れる。そしてまばたきも忘れて、昔語りを始めた母に見入った。

「ちょうど三十年ほど前、私は親族一同に無理矢理歌垣に連れていかれました。こんな見世物のように妻合《めあわ》され、結ばれるなど絶対に嫌だと思っていたのに。そこで、旅に出ていて、たまたま歌垣に交ざっていたあなたの父君が、私を奪《うば》い去ってくれました。大王の子だとは、さらわれた後で私も知りましたけどね」

情熱的な行動に八椰はただ驚くしかない。あの常に落ち着きはらっている父が、出会ったばかりの娘をさらい求婚《きゆうこん》したなど、その結果たる自分ですら信じられなかった。

「どうして、さらった殿方《とのがた》と妹背《いもせ》の仲になろうと思えたのですか。たとえ嫌な婚姻《こんいん》を仕組まれたのだとしても、故郷を捨てることをためらったりはしなかったのですか」

同じく、なにもかも捨てる覚悟をしたからこそ、訊《き》きたかった。

「理由などありませんよ。比べるとか、はかりにかけるとか、そういうものを超《こ》えて、気がついたら、『是《ぜ》』と返事をしていただけです」

そしてよみがえるのは、今まで八梛に投げかけられた言葉だ。

『結婚をすれば、幸せになれる。それはきっと無責任な願いだ』

あの時、わからなかったことが今ならわかる。

『媛さまは、本当にそれでいいの？』

どうして、佐奈江に答えることができなかったのか、ようやく気づくことができた。

以前の八梛なら、蔵麻の言葉に簡単にほだされていただろう。まっすぐな愛情に、自分の未来の幸せを思い描《えが》けただろう。

けれども、八梛が幸せにしたいのは、たったひとりだけだ。

はかりにかけることなどできない。すべてをなげうってでも手放せないものがある。

「あの時の私の選択《せんたく》は間違《まちが》っていなかったと思います。だから、お前たちがこうして生まれてきたのです。お前もそうなのでしょう。家族を捨ててでも両の腕で拾い上げたいものを見つけてしまった。私に、それを咎《とが》められる道理などありませんよ」

すべてを見透《みす》かされて、許されて、八梛は目頭《めがしら》が熱くなるのを感じる。だが、それをこぼすのは父にまみえてからだ。

「父上に話し、許しを乞《こ》います。許しを得られなかった時は、八の媛の名を捨て、ただの八梛として生きます」

「ひとりで、大丈夫ですか」

案じる色の強い声に、八梛はまっすぐな視線と言葉で応《こた》える。

「いいえ、むしろ私ひとりでなければいけません。真正面から、私は裁かれなければ」

「ならば、行きなさい。おろかで愛《いと》おしい私の娘」

ゆるくほほ笑む母の言葉に背を押され、八梛は一歩踏《ふ》み出す。

「行ってまいります」

あとは、もう進むだけだ。

宮の奥へと歩みを速めていた八梛は、妙《みょう》な静けさに高揚《こうよう》感をふと冷ました。

いくら祝言で人手が足りないとはいえ、宮の守りはなによりも優先されるはずだ。

「変ね……、いつもなら衛士《えじ》とすれ違《ちが》うはずなのに。今日は誰もいないのかしら」

夜の帳《とばり》が降りきった状態では、等間隔《とうかんかく》で置かれた明かりの届かないところに侵入《しんにゅう》者の一人や二人がいてもわからない。

一旦《いったん》戻《もど》ろうかと思案していると、いくつか向こうの明かりに人影《ひとかげ》が照らし出される。

幾人《いくにん》かの影の先導を切っている男は、八梛も知る人物だった。

「あれは、鹿足《しかたり》？　どうしてこんな時間に」

千種《ちぐさ》の里の長である彼に関してあまりよい印象がないだけに、八梛の眉間《みけん》のしわが深まる。そして、彼らが腰に下げた剣《けん》と鞘《さや》がぶつかり合って、がちゃがちゃと耳障《ざわ》りな音が届いた。

やがて闇《やみ》に紛《まぎ》れた鹿足たちが向かったのは八梛の目的地――宮の最奥《さいおう》だ。

宮の最奥は、大王と限られた者だけが入るのを許される領域だ。

胸騒《むなさわ》ぎがする。しんと静まり返った宮が知らない場所のように思えて、身震《みぶる》いする。

兵を呼ぶべきか、それともここで呼びとめ仔細《しさい》を問うべきか。

だが、父の安否が気になり勢いのままに仕掛《しか》けようとした刹那《せつな》、朔夜の言葉が蘇《よみがえ》る。

『普通の乙女《おとめ》はあんな風に敵に真っ向から向かっていかない。これではただの阿呆《あほ》だ』

このままでは阿呆の頃《ころ》と同じになってしまうと思えば、最後の一歩はとどまった。

助けを呼び、大勢で仕掛けた方が賢明《けんめい》、と言い聞かせ、八梛は踵《きびす》を返した。

背後の気配にも気がつかずに。

「おっと、いきなり飛び込んでくるとは大胆《だいたん》だな」

「蔵麻……！」

振《ふ》り返るなりぶつかってしまった男の名を、押し殺した声で八梛は呼んだ。

「どうしたんだ、八梛。そんなに小さな声で」

尋常《じんじょう》ではない八梛の気配を察知したのだろう。蔵麻は自然と声をひそめさせた。

察しの良さに感謝しつつ、八梛の中に複雑な感情が生まれる。この男には、いずれ婚約破棄《はき》という不義理をしてしまう。きっと彼は裏切り者と誹《そし》るだろう。

だが、どれだけなじられてもいい。今はこの危機を伝え、父を助けることが先決だ。

「父と対立している里の長が、宮の奥に入っていったの。武器も持っているわ」

「それは、本当か？」

「ええ。父がいるかはわからない。けれど、父の部屋には日耶――日女神《ひめがみ》の御魂代《みたましろ》の鏡も隠《かく》されているはずで」

御魂代とは、神の魂《たましい》を宿す器《うつわ》だ。他の御魂代なら、代わりは作れるかもしれない。

けれども、父の持つ鏡は、代々大王の家系に伝わってきた日女神との絆《きずな》の証《あかし》なのだ。

「早く、助けを呼ばないと。千種の里の、長が……」

しかし、八梛は自らの言葉にひっかかりを覚える。

ほんの小さな違和感《いわかん》はどんどん膨《ふく》らんでいき、最後に言葉となって現れた。

『これで被害《ひがい》に遭《あ》っていないのは千種の里だけになった』

『今は千種の里にいるがな』

なぜ、いつもは昼間に贈《おく》り物を持って訪れる蔵麻が、こんな夜に宮を訪れたのか。

どうして、今は彼も腰に剣を下げているのか。

婚約者の父が襲《おそ》われるかもしれないというのに、なぜ彼はこんなにも落ち着きはらって八梛の話に耳を傾《かたむ》けていられるのか。

すべての疑問がひとつの糸でつながると同時に、全身から血の気が引いていく。

この男も、敵だ。

今度こそ、本当に迷っている暇《ひま》などなかった。考えるよりも先に、八梛は裳《も》の裾《すそ》を撥ねあげ、助け手で「あった」蔵麻に蹴りを繰《く》りだしていた。

不意打ちをできた。

そう思ったが、最初から蔵麻に反撃《はんげき》を見通されていたかのように、八梛の脚《あし》は軽々と受け流されてしまう。

だが、八梛の目的は端《はな》から蔵麻を打ち倒《たお》すことではない。八梛は迎え撃《う》つ体勢をとった蔵麻の横をすり抜《ぬ》けて、助けを呼ぶために回廊《かいろう》を一気に駆《か》け抜けようとした。

だが、背後から聞こえたぞっとするほど嗜《し》虐《ぎゃく》的な抑揚《よくよう》の呼びかけにからめとられる。

「待てよ、お楽しみはこれからなんだから」

だれが待つかと速めた足に、八梛は違和感を覚える。そこからふくらはぎへとはうものの存在を目にしてしまった次の瞬間、八梛は声にならない悲鳴を上げた。

「――――ッッッ！」

蛇《へび》が、足にからみついていた。

見るだけでも気を失いそうになるのだ。初めて触《さわ》る恐怖そのものに、血の気が失《う》せ、全身から力が奪われる。助けを呼ぶ声すら上げることができなくなった八梛は、倒れ込む直前、造作もなく蔵麻に抱《かか》えあげられてしまった。

「いい子だ。声は上げるな」

耳元でささやかれることが不快でたまらなかったが、蛇に触《ふ》れているだけで失神しないように意識を保つのがやっとだ。

そして、蔵麻に抱《だ》きかかえられた八梛は、自分がどこへつれていかれるのかを知る。

父の私室に入りこむと、そこにはすでに御魂代《みたましろ》を手にした鹿足たちがいた。

「そちらの首尾《しゅび》も上々のようだな。こちらも思わぬ伏兵《ふくへい》がいたが、このとおりだ」

「蔵麻、早かったじゃないか」

蔵麻が抱え上げている女が媛だとわかると、男たちが一様に色めき立つ。その様子に嫌悪感を覚えつつも、少しでも身じろぎすれば蛇の皮が肌にこすれて、その度《たび》に八梛は胃の底からせりあがってきそうなものをこらえなければならない。

「これは、八の媛《さら》じゃないか！」

弱々しい様を晒したくなどなかったが、鹿足たちはかまわず蔵麻と言葉を交《か》わす。

「八の媛は猪《いのしし》すら打ち倒すと聞いたが、いったいどうやって」

「蛇だよ。媛君は蛇が苦手でな。あと、大王は今頃《いまごろ》俺の仲間がうまくやっているはずだ。しかし、いくら婿《むこ》になるとはいえ、ああも簡単に二人きりになってくれるとは、信頼《しんらい》は得ておくもんだ」

見合いは父を陥《おとしい》れるための方便でしかなかったのだ。

父の信頼を裏切り、食いものにしているにもかかわらず、悪びれた様子のない蔵麻への怒《いか》りで、八梛は噛《か》んだ唇から血があふれそうになる。

「だが、御魂代で本当に日女神と誓約《せいやく》を交わすことができるのか」

「あの大王にできて、私にできない訳がないだろう」

鹿足は手にした鏡を撫《な》でるが、その様を目にし、蔵麻が片眉《かたまゆ》をつり上げる。

「手に入ったら、俺に渡す手はずだったと思ったが？」

抱えあげられているだけの八梛にすら、蔵麻のまとう雰囲気《ふんいき》が一変したことが如実《にょじつ》に伝わってきた。肌で、耳で、彼の中のどろどろとしたものが暴れ出そうとしているのを感じるのだ。だが、鹿足も同じだ。濁《にご》っている双眸《そうぼう》を血走らせ、怒声《どせい》が飛ぶ。

「貴様の様な穢《けが》れた血の蛮族《ばんぞく》に渡すとでも思ったか！　これは我々のものだ！」

そして、鹿足に従う男たちは蔵麻に向かって武器を構える。

だが、蔵麻が浮《う》かべたのは追いつめられたものの表情ではなかった。むしろ、獲物《えもの》を前にした蛇のような狡猾《こうかつ》な光を宿し、敵になった者たちへと吐《は》き捨てた。

「平気で利用して、用が済んだら始末か。どちらが蛮族だか」

男たちが八梛を抱えたままの蔵麻に一斉《いっせい》に飛びかかる。だが、剣の切っ先が届く前に、蔵麻はすばやく言の葉を音に乗せた。

「――――――――」

不思議な響《ひび》きだった。それに聞き覚えがある八梛はまさか、と口を空回らせた。

山の御舎《みあらか》を壊《こわ》そうとしていた者たちの言葉と同じ響きだ。だが、それよりもずっと禍々《まがまが》しく、耳をふさいでしまいたくなるなにかを持っている。

直後、男たちのうめき声、そして悲鳴が部屋に満ちる。

それは、蔵麻の言葉によって呼びよせられた無数の蛇に嚙みつかれ、締《し》めあげられ、貪《むさぼ》られている鹿足たちの断末魔《だんまつま》だった。

耐《た》えがたいほど多くの蛇の這《は》っている光景がはっきりと記憶に焼きつく前に、蔵麻に抱《だ》き込まれ双眸も覆《おお》われたため、八棚はすべてを見届けずに済んだ。

だが、問題はそこではない。手引きをしてくれた鹿足たちすら裏切る蔵麻が理解できず、八棚は精一杯声を振り絞《しぼ》る。

「蔵麻、あなた自分がなにをしたかわかっているの？　彼らは仲間ではなかったの？」

「仲間？　ああ、たしかにいろいろ手引きはさせたな。春から準備に長いことかかった。御舎を荒《あ》らし、宮中につながる者を籠絡《ろうらく》し、うまいこと大王に取り入ることもできた。それが終わってからは鬱陶《うっとう》しいばかりだったから、始末できてちょうどよかった」

蛇たちが「食事」を終え、まるで波が引くように部屋から去っていく。貪欲《どんよく》な彼らは、骨の一片すら残さず、唯一床《ゆいいつゆか》に残された赤い染《し》みと人数分の剣だけが、鹿足たちの生の名残《なごり》だった。

それを見つめる冷めた双眸も、淡々《たんたん》と自らの計画を述べる姿も、なにもかもが八椥の知る蔵麻ではなかった。

これが、彼の本当の姿なのだ。

「私と同じように、利用したのね。おかしいと思っていたの。あんな、わずかな時間で私をいいと言うなんて」

「どうしても日女神が宮からいなくなる神無月《かんなづき》がよかったんだ。できれば、我らが母神の力がもっとも強まる夜が最上だ。それが今夜だった」

我らが母神という言葉で、八椥は彼の出自を確信する。

「あなたは、やはり土蜘蛛《つちぐも》なのね」

「そうだ。だが、その名前は好きじゃあない。俺たちは、葛城《かつらぎ》の一族と称《しょう》している」

まるで、初めて川べりで八椥と出会った時のように、飄々《ひょうひょう》と蔵麻は答えた。

夢だったらいい。けれども、そうやって目の前の事実から完全に逃避《とうひ》できるほど八椥は弱くはなかった。ぐっと拳《こぶし》を握《にぎ》り、にらみ据《す》える。

「さすが俺の見こんだ女だ。こんな状況になっても、まだそんな鋭い目で俺を見ていられる。俺はその目が欲しい。だから、俺の妻になれ」

「それだけではないのでしょう?」

そうして、八梛は血だまりの中の鏡にすいと視線を移す。幸いなことに、鹿足の手から落ちた鏡は割れずにいたようだが、まだ安心はできない。いまだ八梛の足は蛇に拘束《こうそく》され、体は蔵麻の腕の中に収まっている。

彼は、まだ本当に欲しいものを手に入れていないのだ。

「そうだな、王の位《くらい》も欲しい。御魂代は譲《ゆず》り渡《わた》せ。そして大王には消えてもらって」

「お断りするわ」

言葉は、みなまで出てこさせなかった。

まじまじと八梛を見て、蔵麻はもう一度腕の中の少女に選ばせようとする。

「俺は、同じ問いかけは二度としない」

「一から十まですべてお断りすると言ったのよ。同じことを何度も言わせないで。私はあなたのものにならない、御魂代も渡さない、父上を殺させなどしない！」

頭には、完全に血が上っている。しかし、それをどこか冷静に見つめる自分もいることに八梛は驚《おどろ》いていた。

約束どおり、この男の喉元《のどもと》に食らいついてやる。

八梛の中の凶暴《きょうぼう》な衝動《しょうどう》が熱を帯び、蛇への怖れが一瞬だけ消え去る。膝《ひざ》と肘《ひじ》で蔵麻を突《つ》き飛ばし、その反動で床《ゆか》に転がり落ちた八梛は、血だまりの中から男たちが持っていた剣《けん》を拝借する。しかし、白刃《はくじん》を振《ふ》るう前に、八梛は捕えられる。組み伏《ふ》せられ四肢《しし》の自由を奪《うば》われた八梛に、剣吞《けんのん》なささやきが降ってきた。

「お前は一つ思い違《ちが》いをしてる。王の位はついでだ。俺の目的は最初からお前だけだ。だから、葛城の里に戻《もど》ってからと言わず、今すぐここで俺の妻にしてやるよ」

わずかに開いた口元から、赤い舌が覗《のぞ》いた。まるで獲物を前にした獣《けもの》がそうするように軽く唇を濡《ぬ》らしていく。

抵抗《ていこう》のためにがむしゃらにもがくが、びくともしない。それどころか、その瞳に射られた途端《とたん》、八梛の心の奥に抵抗すらかなわないほどの純粋《じゅんすい》な恐怖が生まれる。

蛇の、目だ。

あの、八梛が抗《あらが》うことができない黒い光を、この男の双眸は宿していた。ついに抵抗するための力は失われ、すべてに絶望する寸前に八梛は今は遠い面影《おもかげ》に縋《すが》った。

こんな男になど、汚《けが》されたくはない。ここで終わるかもしれない。

「ごめんなさい、朔夜……」

涙を目尻《めじり》にたたえて八梛が愛《いと》しい名を呼ぶと、蔵麻の表情が翳《かげ》る。

そして、鎖骨《さこつ》のあたりへと伸びた蔵麻の手は、滑《なめ》らかな肌に触れることなく弾《はじ》かれた。

いぶかしんだ蔵麻が、もう一度力任せに手を伸ばすと、まばゆいばかりの光が八椰の胸のあたりからほとばしる。

目を開けていられず、固く瞳を閉じた八椰は、声を聞いた。

いま、いくよ。

ようやく光の奔流《ほんりゅう》が収まったかと思うと、ふいに幼い声が響く。

「かあさまから、てをはなせ」

二人から数歩もしないほどの距離に、突如《とつじょ》少女が現れた。そして、白い面差《おもざ》しの中の黒い二つの星が、八椰をひたむきに見つめている。

「沙霧、危ないわ！　早く逃げなさい！」

自らは拘束されたままで逃げろと促《うなが》す八椰の声に、沙霧は首を左右に振る。そして、幼さに見合わぬ鋭い瞳で、威嚇《いかく》のためか蔵麻を捉《とら》える。

「なんだ、クソガキ。邪魔《じゃま》をすんな」

「かあさま、いやだっていってる」

沙霧は八椰を組み敷《し》いている蔵麻にたどたどしくも、冷えた抑揚《よくよう》で、短く命じた。

「去《い》ね」

次の瞬間には、蔵麻の体はまるで丸太で横薙《な》ぎにされたかのように吹《ふ》き飛ばされる。

そのまま、壁《かべ》に背を強《したた》かに打ち、床にうつ伏せになった蔵麻の体から力が失われた。

だが、いまだに怒りの気配を収めていない少女の瞳が輝《かがや》きを帯びていた。

「わたしは、はるかむかしとうさまとかあさまの誓約からうまれた。とうさまとかあさまがいなければ、おもいあわなければ、わたしはここにいない。だから、とうさまのねがいのままにかあさまをまもる。ようやくとりもどした、ほんとうのちからで」

少女はその真白の手を差し出す。そこに乗っていたのは八栩の胸にあったはずの勾《まが》玉《たま》だった。だが、二つあったはずのそれは一つしかない。八栩の持つ紅色の勾玉と、朔夜がくれた乳白色の勾玉が混ざり合い、薄紅色《うすべにいろ》に変じていた。

彼女の言う「とうさま」が誰なのか、訊《き》かずともわかる。だから、うれしくて、堪《こら》えきれなくて、八栩は自由になった体で少女に駆《か》け寄り、ぎゅっと抱きしめた。

「ありがとう、生まれてきてくれて……」

まだ、終わっていない。まだ、あの月の神とつながっているのだ。

そして、少女も応《こた》えるためにその細い腕でぎゅっと八栩を抱きしめ返してくれる。

その温かな時間を邪魔するかのように、地を這うような低い声が響いた。

「痛ぇだろうが……」

ゆらりと、蔵麻の背から陽炎《かげろう》が立ち上る。その揺《ゆ》らめきに男の体が包まれたかと思うと、鱗《うろこ》のような紋様《もんよう》が浮き上がり、はっきりとした実体として膨張《ぼうちょう》していく。

めりめりと嫌《いや》な音をたてて、細長く大きくなるばかりだった体は、やがて宮の屋根すら突き破《やぶ》って、最後に大きく裂けた口から夜天へと向けて火を吐いた。

「だ、大蛇《だいじゃ》……」

現れたのは、巨大《きょだい》な蛇《へび》だった。

開き切った瞳孔《どうこう》に映るその巨軀《きょく》は、もはや部屋とも呼べない場所でへたりこんだ八棚から、あらゆる気力を奪いつくす。屋根が破壊《はかい》されたことで、外からよく通るようになった声すら、今の八棚には届かない。

「なんだあれは！　早く他の兵を呼べ！」

「蛇、なのか……？　あんなの、どうすればいいんだよ！」

衛士《えじ》たちも、ようやく異変に気がついたようだが、誰もかもが、どう立ち向かえばよいのか惑《まど》い、恐慌《きょうこう》状態に陥《おちい》っている。それほど、現れた巨大な蛇の姿はおぞましく、途方《とほう》もない存在感を放っていた。

「迎《むか》えに来た、美千琉」

そして、牙《きば》の覗く巨大な口から発せられたのは、確かに蔵麻の声だった。

「血の呪《のろ》いをかけておいて正解だったたな」

「ああ、俺は死ぬ直前、美千琉に血で呪《しゅ》をかけた。ほら、お前の胸元に血に濡れたような痣《あざ》があるだろう。それがあるから、お前は蛇を怖《おそ》れる。俺からは逃げられない」

「血の……、呪い？」

美千琉を殺そうとした蛇。そして、朔夜に屠《ほふ》られた蛇。

三百年前の因果のすべてが、ここに集約されていた。

しかし、ここに朔夜はいない。

「かあさまは、わたしがまもる」

そうして、今度は果敢《かかん》に蛇の前に立ちふさがる沙霧が、固い鱗に覆われた尾によって呆気《あっけ》なく吹き飛ばされる番だった。

小柄《こがら》な体は、さきほど蔵麻が破壊した部屋の残骸《ざんがい》に尾ごと叩《たた》きつけられる。

「沙霧！」

少女から返事はない。

そして、そこから動けずにいる八栁に、ゆっくりと長い軀《からだ》が這い寄っていく。

＊　＊　＊

暗い暗い岩の中で身を縮こまらせた月の神は、静寂《せいじゃく》を破る響《ひび》きをたしかに耳にした。

『とうさま』

たどたどしい抑揚の、少女の声だった。

だが、父と呼ばれるいわれはなく、朔夜は再び意識を深く沈《しず》めようとするが、それを阻《はば》むかのように声は再び響いた。

『とうさま、かあさまが、こわいっていってる』

ますます訳がわからない。けれども、問い返すことはひどく億劫《おっくう》で、乾《かわ》ききった唇が音を生むことはなかった。しかし、次の言葉で淀《よど》んでいた瞳に光がすっと差す。

『かあさまは、とうさまにたすけてほしいっていってる。さくや、たすけてって』

その名をくれた少女の面差しが蘇《よみがえ》る。この暗闇《くらやみ》の中で、何度となく思い描《えが》いては塗《ぬ》りつぶした面影が、再び鮮《あざ》やかな彩《いろど》りを取り戻す。

八棚が、どうしたのだ。

今頃《いまごろ》、幸福な花嫁となっているはずではなかったのか。

『おねがい。かあさまをたすけて』

そして、はるか遠くの光景が朔夜の頭の中に映し出される。

声の主が見ている光景そのままに届いたのは、今にも大蛇に喰《く》われようとしている八棚の姿だった。

また自分は喪《うしな》ってしまうのか。一度目の喪失《そうしつ》は三百年前のこと。血に酔《よ》った月神に怯《おび》えた娘との別れを選んだ時だった。天つ空へと帰る背に、美千琉は告げてきた。

『ねえ。もし、もう一度あなたに出会えるとしたら、その時はあなたを止められるくらいに強くなりたい』

もう一度など来てほしくなかった。

あの身を引き裂かれるような別れには、もう一度は耐《た》えきれそうにないと思った。

どうして父神は、人と違う体を与えながら、人よりも強く、なんにでも耐えられる心をくれなかったのだろうか。そう嘆《なげ》いたとき、姉は言った。

『痛みを忘れないためであろう。故に、我々は人と一瞬だけでも交わることができる』

痛みは、愛《いと》おしいものになった。痛いと感じるこの心が、まだ人との縁《えん》をつないでくれるのだと、おろかに信じ続けた。

痛い痛いと感じるほどに、膿《う》んでいた心の傷痕《きずあと》がすこしは癒《いや》されるような気がした。

けれども、それは間違《まちが》いなのだと教えてくれたのは、あの少女だった。

『いくら傷がすぐ治るからといって、痛いと思った記憶は消えないわ』

そうして寄り添われて、ようやく朔夜は気づかされた。心は癒されていたのではなく、少しずつ壊死《えし》していただけなのだと。

神の恵み深き美しい世界で命を謳歌《おうか》している少女が、それを教えてくれた。

別れを選び、二度とまみえることはなくとも、八梛の生きている世界なら愛せそうな気がした。

けれども、八梛のいない世界があるのだとしたら、朔夜はそれを許さない。

「……や…………」

錆《さ》びついたように、うまく働かない喉《のど》がもどかしい。

しかし、魂《たましい》が、本能が求めるままに、朔夜は呼んだ。

「八梛ぃいいいいいいいいい！」

叫《さけ》びは言霊《ことだま》となり、はるか彼方《かなた》、八眞土の地まで駆け抜《ぬ》ける。

三百年ぶりの感覚。

三百年ぶりの血の滾《たぎ》り。

すべては、ただひとりを守るために、月の神は持てる力のすべてを解き放った。

＊　＊　＊

始まりは、名を呼ぶ声だった。

ありえないはずなのに、こいねがう想《おも》いが、その声の主を探そうとする。

近くなる、こちらへと来る。

「朔夜！」

こんな状況だというのに、八椰の心に抑えきれない喜びがあふれだす。

応える声に、ついに彼は姿を現した。底なしの闇《やみ》に喰われそうになった八椰を、たったひとりの男が夜空に浮《う》かぶ満月のように照らし出してくれる。

「八椰！」

初めての、朔夜の真実の声だ。思い描いたとおりの彼だけが持つ抑揚に、八椰の心は震《ふる》えた。

まなざしとまなざしがからみ合い、強く惹《ひ》かれあう。そして、求めるままに二人は腕を伸ばし、二度と離れまいと身を寄せ、抱《だ》きしめ合った。

「朔夜、朔夜、朔夜……」

何度も口にしようとしてあきらめたその名前を、飽《あ》きることなく八椰は呼ぶ。それに応えるかのように、朔夜は腕に力を込めてくる。

だが、大蛇が黙ってはいなかった。

「邪魔《じゃま》すんじゃねぇよ……！」

そうして、大きく裂《さ》けた口から二人を包もうと炎が吐《は》き出されるが、八椰を抱《かか》えたままで朔夜は大きく跳躍《ちょうやく》し、かわしてしまう。

夜天に浮き上がったまま、八椰に向けていた物とは比べ物にならないほど冷えた色を瞳に浮かべている朔夜は、真っ向から大蛇を睨《にら》み据《す》えた。

「黙るのは、そちらのほうだ」

「朔夜？」

朔夜は八椰を安全な所――破壊され炎上《えんじょう》している宮ではなく庭に下ろすと、腰の剣《けん》を取る。美千琉の記憶をかいま見た今ならわかる。これは、三百年前のあの日、血に濡《ぬ》れた姿でたたずんでいた朔夜の手に収まっていた物と同じだ。

「報《むく》いを受けろ」

剣を構えた朔夜は、自分よりもはるかに大きな蛇に真っ向から斬《き》りこむ。体を一呑みにしてしまいそうなほどに大きく口を開けた蛇が、朔夜の体に影《かげ》を落とした。

加勢しなければ、と八椰が立ち上がろうとすると、沙霧が引き止める。木くずや泥《どろ》にまみれていたが、どうやら傷はついていないようだった。

「だいじょうぶだよ。とうさま、まけないから」

「でも」

「だって、とうさまはたましいをとりもどしたから」

はっと、弾《はじ》かれたように八椥は少女へと顔を向ける。すべてを見通すかのような二つの輝《かがや》きは、怯《ひる》むことなく朔夜を捉《とら》えていた。

「そが犯《おか》せしは生《い》き膚《はだ》断《た》ち、その大罪を雪《そそ》ぎしは父神より賜《たまわ》りし御剣《みつるぎ》なり」

剣がふいに揺らめいた。それが熱によるものだと知ったのは、剣が横薙《な》ぎにされた瞬間に焦《こ》げたような臭いが鼻をついた時だった。

剣が、大蛇《だいじゃ》の固く密な鱗とその下の肉を一閃《いっせん》する。その傷口から紅蓮《ぐれん》の炎がさかまき、尾と頭の方へと燃え広がっていく。

じわじわと炎になぶられて、高くて低い、あらゆる獣《けもの》のものが混ざり合ったような悲鳴が上がる。断末魔《だんまつま》とは、このような声を言うのだ。

やがて、八椥たちに影を落とすほどの蛇の体は真っ黒な炭と化す。

そして、その黒こげの塊《かたまり》の中から、八椥のよく知る『蔵麻』の体がのぞいていた。

「人の姿に、戻《もど》ったの……？」

体中に切り傷やすり傷、あるいはただれたような傷を受け、浅い呼吸を繰《く》り返すだけの姿を見ると、もう反撃《はんげき》する力は残っていないようだった。

だが、鞘《さや》に収まる気配のない剣を持ったままの朔夜は、一歩また一歩と焼け焦げた大蛇の跡《あと》に近づいていく。

「待って！」

悲鳴に近い声を上げて、八榔は朔夜を羽交い締《じ》めにする。そして、その剣が罪を犯す前に、こちら側へと呼び戻すため、八榔はさらにたたみかける。

「お願い、どうか正気に戻って！」

だが、すがりつく体はぎりぎりの均衡《きんこう》を保ったまま、剣を振《ふ》り下ろそうとする。日耶に与えられた怪力《かいりき》に、八榔は感謝した。だが、それだけでは止まらない。朔夜の心はまだ留《とど》まってはいない。

私は、この人を止めたい。この人に汚《けが》れてなどほしくない。

もう、見ているだけは、十分だ。

「繰り返すためじゃない。誰もが傷つくだけなんて、嫌」

そして、抱きしめる腕に力を込めた。振りほどかれたって構わない。何度だって捕《つか》まえてみせる。その覚悟《かくご》を込めて、八榔は祝詞《のりと》を紡《つむ》いだ。

「掛《か》けまくも綾《あや》に畏《かしこ》き月須弥主命《つきすみぬしのみこと》のうづの御前《みまえ》に騨在大王が八女常盤弥幸八榔媛《ときわみさきやなぎひめ》慎《つつし》

み敬《ゐやま》いも申《もう》さく、蒙《かがふ》り奉《まつ》る御稜威《みいつ》を仰《あお》ぎ奉《たてまつ》り喜《よろこ》び奉《たてまつ》り万那《まな》捧《ささ》げ奉《たてまつ》り安《やす》く穏《おだ》ひに聞《き》こしめせ、恐《かしこ》み恐《かしこ》みも申《もう》す」

常盤弥幸八梛──自らの実名《みな》を織りこみ、八梛がありったけの万那《まな》と引き換《か》えに願ったことで、朔夜の体が凍《こお》りつく。

実名などいくらでもくれてやる。万那も好きなだけもっていけばいい。それで彼が鎮《しず》まるのなら、なにを差し出しても惜《お》しくなかった。

振り下ろそうとする朔夜と、押《お》しとどめようとする八梛。

どちらが先に音を上げるのか。その根競《こんくら》べに勝ったのは押しとどめる力だった。

やがて、振り上げた剣を降ろした朔夜の瞳には、静かな光が戻っていた。

そして、同じように静かな声で問いかけてくる。

「なぜ、その名前を知っている」

「美千琉はそう呼んでいたもの」

かつての自分の記憶は要《い》らないと言ったが、今ばかりは八梛は心の底から美千琉に感謝する。彼女から受けついだものがなければ正式な祝詞を紡ぐことはできなかった。

「なんで、私がこの痣《あざ》を受けたかわかったの。三百年前に起きたことも」

「気づいて、しまったのか……」

「でも、私は美千琉じゃない。だから、同じ未来を選ばない。あなたを、ただ見ていることなんてもうしないわ、朔夜」

　ぽつりと、八梛だけの彼の名前を呼んで、すべてが途切《とぎ》れた。

　あの記憶の最後は、だれもいない光景で終わっていた。おそらく、それは美千琉の最後の時間だったのだろう。

「こちらも収まったか」

　この声は、と仰《あお》ぎ見れば、月夜の空からふわりと日女神《ひめがみ》が舞《ま》い降りる。

「大儀であった、八梛。そなたの助けを乞《こ》う声は、出雲《いずも》までも届いた。そして我が弟よ、そなたが蛇《へび》の相手をしていたおかげで、間に合うた。褒《ほ》めてつかわす」

　日女神は、倒れたままの蔵麻の額に手を当てた。すると何度かの瞬《まばた》きの内に、ようやく身を起こした蔵麻に向けて、残酷《ざんこく》な言葉を告げる。

「蛇、貴様の同胞《どうほう》は不利を悟《さと》って引き返したそうじゃ。そなたを置いてな」

「それが俺たちの一族の流儀《りゅうぎ》だ。弱い者は死ぬ。助けるようなお人よしが馬鹿《ばか》を見る」

　だが、強がってみても日耶に目覚めさせられた体は本調子ではないらしい。ひゅうひゅうと喉《のど》が鳴っているところを見ると、胸の骨が折れているかもしれない。

その姿に、憐《あわ》れむような眼差《まなざ》しを向け、日耶は問う。

「脆弱《ぜいじゃく》だのう。なぜ、完全な蛇の身を捨て、人の身になってこの世に生まれ落ちた」

「さぁな、それは俺の中の蛇に聞いてくれ。でもな」

ちいさく咳《せ》き込むと同時に、蔵麻の口の端《はし》から血がこぼれた。だが、それをぬぐうこともせず、自嘲《じちょう》ともとれる笑みを浮かべて呟《つぶや》いた。

「好いた女に怯えられちゃ、死んでも死にきれねぇくらいの可愛《かわい》げはあるみたいだぜ」

「これが可愛げのある男のすることか。宮をこれほどまでに破壊《はかい》しおって」

「今度こそ、幸せにできると思ったんだよ。この姿だったら」

蔵麻の愛はいびつだった。残酷で、それなのに美千琉を求める心だけは一点の曇《くも》りもなかった。おそらく、大蛇の想いもそうだったのだろう。

生け贄《いにえ》とは建前で、人を求める口実をほかに作ることができなかったのかもしれない。あるいは、本当に喰《く》らうことで血肉とし、二度と離れないようにすることが、彼なりの愛情だったのかもしれない。

いずれにせよ確かめるすべはない。美千琉も大蛇も、もういない。

満身創痍《そうい》の蔵麻を見下ろし、日耶がおもむろに口を開いた。

「ひとつ、いいことを教えてやろうか。蛇の化身《けしん》よ。八梛は、美千琉の業《ごう》を背負って生まれた。だが、美千琉はもうどこにもおらぬ」

「なん、だと……」

しかし驚《おどろ》いたのは八梛も同じだった。すっかり、自分は美千琉そのものだとばかり思っていた。そして、朔夜もなにも言えぬまま、姉の言葉を待っている。

唯一《ゆいいつ》すべてを知っているらしい日耶は、苦笑いを浮《う》かべた。

「やはり、気づいておらんかったか」

呆《あき》れたように嘆息《たんそく》する日耶だったが、八梛も納得《なっとく》がいかずに反論する。

「でも、この体の痣は大蛇から受けたもので」

「それも確かに美千琉の一部じゃ。八梛は、美千琉の業を背負って生まれた。だが、他にも美千琉の記憶を持ったもの、美千琉の面差《おもざ》しを持ったものがいる。美千琉を形作るすべては、ばらばらに砕《くだ》けてしまったのだ」

そこで、真実に耐《た》えきれなくなった蔵麻は叫《さけ》んだ。

「じゃあ、美千琉はどこにいるんだ！」

「どこにでもおるし、どこにもいないとも言える。なぜならかの者は『私などいなくなってしまえばいい』と願い、ばらばらに散ってしまった。それは、美千琉の最後の言霊《ことだま》による呪《しゅ》じゃ。ゆえに、記憶を持とうとも、因果を受け継《つ》ごうとも、まったく同じ顔をしていようとも、そなたの乞うた唯一無二の存在を作りだすことはできぬ。雨の一滴《いってき》が大海に落ちてしまえば、もはや分けてしまうことは不可能になるようにな」

美千琉であり、美千琉ではない。なんとも曖昧《あいまい》な言葉だが、八梛にとってそれは救いでもあった。

自分が朔夜を恋慕《こいした》ったのは、自らの意思だ。けれども、心のどこかで美千琉の影から逃《のが》れられていないような気がしていたのだ。

八梛は完全には美千琉になれない。だから、もう八梛の心は八梛のものだ。

だが、救われない者もいた。

日女神の言葉に、ついに糸が切れてしまったように蔵麻は泣き笑いのような表情を浮かべ、乾《かわ》いた笑いをこだまさせた。

「ハ、ハハ、ハハハハハハア――ハッハァ！　じゃあ、俺はどうすればいいんだ！」

壊《こわ》れてしまったのだ。唯一と思って追いかけたものがまがいものだったと知り。

だが、八梛の胸に浮かんだのはもっと別の感情だった。

「でもね、ひとつだけいいことがあるじゃない」

まだ笑いを止められない蔵麻は、額を手で覆《おお》い、目線を逸《そ》らしながら力なく問う。

「なにがあるっていうんだ」

「あなたは、ここで終わりを迎《むか》えた。だから、またこれからを始められる」

「俺は下手人だ。媛君《ひめぎみ》は、俺を殺さなければいけない」

そして、朔夜も不満気だ。唇を引き結び、八椰に物言いたげな視線を送っている。

「でも、失恋《しつれん》したかわいそうな男でもあるわ。そして、今は葛城の一族の蔵麻として生まれ出《い》でた。だから、今日だけはあなたを逃《に》がすわ」

瞠目《どうもく》する蔵麻は、八椰の言葉が信じられないらしく、疑いに満ちた目で問いかけた。

「本気か？」

「ええ、いいでしょう？　日耶」

「人の間の裁量は人が決めること。妾《わらわ》に口出しをする権利はない」

二人の女のおおらか過ぎる決断に、朔夜は不吉《ふきつ》な予感を率直に告げた。

「その甘さは、いつか八椰を殺すぞ」

「受けて立つわ。私も、だまって殺される気はないの。それに、蔵麻には言ってあるの。喉元《のどもと》に食らいついてやるからって」

挑みかかるような、生き生きと輝く瞳に射貫《いぬ》かれ、蔵麻は口の端をつりあげた。

「ああ。たしかにお前は美千琉じゃない。美千琉は、こんな終わらせ方をしてはくれなかった」

そして、ふらつく足で蔵麻は歩きだす。その背は、決して振《ふ》り返ることはなかった。

それを見送って、ふっと八梛は膝《ひざ》から力が抜けていくのを感じた。

「八梛！」

すぐに朔夜に抱きとめられて、倒れ込むのは避《さ》けられたが、腕に身を任せている間にどんどん体から力が抜けていく。

朔夜に呼ばれている。

ずっと求めていた愛《いと》しい男の声をもっと聞いていたいのに、瞼《まぶた》はひどく重いし、なにより思考が保てなくなっていく。

そして、ついに抵抗《ていこう》も虚《むな》しく意識は暗転したのだった。

終章

「まだ、目がさめないわ」

「大丈夫よ、この子は寝《ね》てればすぐに良くなるから。それよりも、父上は？」

「来られるわけがない。まだ、会合の最中だろう」

うるさい。

意識が呼び戻《もど》されてまっさきに八椥《やなぎ》が感じたのは、騒《さわ》がしさに対するいら立ちだった。もっと寝かせてくれと自らを包み込むぬくもりに身をすり寄せるが、この状況の不可解さにはたと気がつき、勢いよく身を起こす。

「あ、起きた」

三番目の姉、三雪《みゆき》が声を上げると、姉や甥姪がいっせいに八椥の寝具の周りに群がる。まるで蜂《はち》の巣をつついたような騒々《そうぞう》しさに圧倒《あっとう》される中で、八椥の脳裏《のうり》に浮かんだのは目覚める前の宮の悲惨《ひさん》な光景だった。

「父上は、無事なのですか？　御魂代《みたましろ》は！」

「無事です。むしろ、言霊を行使して万那《まな》を使いきったあなたの方が心配でしたよ」

長姉の一野《いちの》が気づかい肩を支えてくれる。続いて七番目の姉――七樹《ななき》が仔細《しさい》を述べた。

「土蜘蛛《つちぐも》に襲《おそ》われた父上も、なんとか切り抜けたんだけど、やれ復讐《ふくしゅう》だって男連中が騒ぎだしてさ。まあ、そろそろ冬だし今は様子見で、春になったらしかけるってみんな色めき立ってた」

だが、それは男たちだけの問題で、祝言にかけつけてくれた姉たちの目下の問題は、八番目の妹が見合い相手にだまされたことらしく、やいのやいのと大騒ぎを始める。

「八椰、元気を出して。婚約者に逃げられたからって、世を儚《はかな》んではいけないわ」

「そうよ、二海《ふたみ》姉の言うとおり。この世の半分は男なのよ。ひとりがだめになっても」

「四菜《しいな》姉さま、そういう言い方はない……。八椰、私の良人《おっと》の友人はどう……？」

「六葉《りくは》の良人の友人なんて暗そうでだめよ。それよりも、うちの旦那《だんな》の弟なんてどう？」

当の本人をおいてけぼりにして次の婿《むこ》の推挙が始められ、八椰が「落ち込んでいるわけではありません」と声を発してもかき消され、どんどん話が進んでいく。

どうやって場を収めればいいのか途方《とほう》にくれる八椰の衣《ころも》の袖《そで》を引く手があった。

「かあさま、だいじょうぶ？」

見上げてくる不安そうな瞳を見とめた八棚は、ぱぁっと笑みを輝《かがや》かせる。

「沙霧《さきり》、よかった無事だったのね！　怪我《けが》も治っているみたいだし……」

そうして、頭をなでてやると、無表情ながらもくすぐったそうに身を寄せてきた。

大量の甥姪に紛《まぎ》れていたのだろう。沙霧の存在を怪《あや》しむ姉はいなかったようだ。だが、それよりも、今の八棚にはもっと気がかりなことがあった。

「沙霧はひとりなの？　朔夜《さくや》はどこにいったか知らない？」

朔夜の存在を知らない姉たちには訊《き》けず、こっそりと八棚は沙霧に耳打ちをする。

その名を聞いて、沙霧はぎゅっと眉根《まゆね》を寄せた。そして消え入りそうな声で答える。

「とうさま、またおそらににげた。かあさまのまなをぜんぶうばったから、かあさまをきずつけるじぶんはだめなこだって……」

しりすぼみに答えた沙霧の落ち込みは、見ているだけで憐れになるほどだった。

だが、同じく置き去りにされた八棚の胸の内に湧《わ》き上がるものは、もっと激しく、ほとばしるほどの熱に似ていた。

「また、逃げたの……？」

ふざけるな。

部屋の中の賑《にぎ》やかさが増すが、それと同時に八梛の様々なことへの怒《いか》りも増す。

そして、それが限界に達した時、八梛の足は床《ゆか》を打っていた。

「あー、もう！」

ようやく八梛に姉たちが注目する。なんだなんだと、皆が八梛の言葉を待った。

「お姉さま方、お静かに！　私には、やらなければいけないことが二つあるんです！」

「やらなければいけないこと？」

のんびりとした口調で二海が繰《く》り返す。

「はい。だから新たな婿探しなどしている暇《ひま》はありません！　ということで、六姉さま。お願いがございます。これを――」

八梛の声に続いて、それから部屋は別な類《たぐい》のにぎわいを見せた。

まるで宴《うたげ》のように華《はな》やいだ空気は、とても縁談《えんだん》が白紙に戻った媛君の部屋には似つかわしくなく、近くを通る者はみな怪訝《けげん》な顔をして首を捻《ひね》った。

その中で、五番目の姉が口を開いた。

「そういえば、こんな楽しいことをしている時に九華《このか》はどこにいったのかしら……？」

「あの姉妹一番の八椰好きが、珍《めずら》しいこと」

「八椰をだました男に復讐に行っているのかもしれないな」

ありえそうだと皆が笑う。だが、そのあてずっぽうで冗談まじりの予想が半分だけ当たっているとは、だれも気づいてなどいなかった。

＊　＊　＊

目が、かすんできた。

全身の傷からとめどなく流れる血のせいで、手足が温度を失っていき、しびればかりが強くなる。やがて立ってすらいられなくなり、蔵麻《くらま》は土の上に倒れ込む。

好いた女の前で精一杯の虚勢《きょせい》を張ったはいいものの、どう見ても故郷までは戻れそうにないことを予感した蔵麻は、緩慢《かんまん》な動きで仰向《あおむ》けになり、乾いた笑みを浮《う》かべる。

「ここまで蛇《へび》と同じってのは、さすがに堪《こた》えるな……」

神の力で生じた傷だ。どうしたって今の蔵麻には癒《いや》すことができない。生き残るためには、故郷に戻り、母神の力にすがるくらいの方法しか思い浮かばなかった。

死ぬことにはさほど怖れを感じなかった。

物心ついたときから何度も、血の海に沈《しず》んでいく蛇の記憶をなぞっていたからだ。

だが、呼吸が徐々《じょじょ》に乱れ、鼓動《こどう》が弱々しくなっていくことすら、冷静に観察できているにもかかわらず、もう一度生まれ変わってもまた未練たらしく、かの魂《たましい》を求めてしまうことだけは恐《おそ》ろしくてしかたがなかった。

「おれはまた、ひとりか」

自らをさげすみ、蔵麻は泣き笑いのような表情で空に手を伸ばした。

なにもつかめない手が力なく地面に落ちる直前、白い手がそれをすくい上げる。

「見つけました」

女の、それも大人になりきっていない少女の声が降ってくる。視界がかすんで、覗《のぞ》きこんでくる面差《おもざ》しは判然としない。だが、奇跡《きせき》のように美しい響《ひび》きで少女は問うた。

「わたくしがだれかわかりますか」

「わかるわけ、ねぇだろう……」

忌々《いまいま》しげに、吐《は》き捨てるように言ってしまったのは、あの少女が追いかけてきてくれたのではないかとかすかな希望を抱《いだ》いてしまった己《おのれ》がひどく惨《みじ》めに思えたからだ。

まあ、どうせいいか。

もう、どうせ死ぬのだ。どんなに落ちぶれようが、瑣末《さまつ》なことだ。

だが、粗雑《そざつ》に扱《あつか》われたというのに、少女は気に留めた風ではない。むしろ、ふっと軽く笑ったような気配を、蔵麻は感じ取る。

「そう、ならよかった」

なにがいいんだよ。そう問おうとすると、胸のあたりに痛みが走り、咳《せ》き込んでしまう。そういえば骨も折れていたような気がした。

その痛みの源へ、しゃがみこんだ少女が掌《てのひら》を当ててくるものだから、蔵麻は驚《おどろ》きに身をよじる。

「触《さわ》るな……」

だが、警戒心《けいかいしん》と矜持《きょうじ》ゆえの拒絶《きょぜつ》を意にも介《かい》さず、少女は滑《なめ》らかな手で無遠慮《ぶえんりょ》に撫《な》でていく。その間に小さくなにかを唱えていたが、言葉の意味するところを探《さぐ》ろうとしているうちに、みるみる間に痛みは軽くなる。

やがて、ひととおり少女によって触《ふ》れられた蔵麻の体は、宮で起こったことはすべて幻《まぼろし》かと思えるほど、健やかになっていた。

だが、取り払《はら》われた痛みの代わりに、蔵麻の中で疑問は積もる。

「なぜ、俺を助けた。それに、この傷はただの傷じゃあ」

起き上がり、今しがた自らの体をいいようにした少女を睨《にら》みつける。するとその細

い肩越《かたご》しに、陽炎《かげろう》のようなゆらめきが見えた。

神によって与えられた傷を癒せるのは、神だけ。

この傷を癒した少女は、間違《まちが》いなく神の守りを受けている。しかも一柱だけではない、おびただしいほどの神気を背負って少女は蔵麻の前にたたずんでいた。

「おい、お前いったい何者だ。なぜ、そんなものを従えて、俺のところに来た」

とどめを刺《さ》す気か、と息を詰《つ》めた蔵麻に対し、少女の答えは明快だった。

「わたくしは通りすがりの親切な美少女です。それ以上でもそれ以下でもございません。そしてわたくしはとても優しいので、行き倒れたみすぼらしい殿方《とのがた》を放《ほう》ってはおけず、お助けいたしましたがなにか？」

臆面《おくめん》もなく言い放つ少女に、蔵麻は言葉を失う。よく見れば、声と同じくらい少女の面差しは稀《まれ》なる輝きを誇《ほこ》っていた。だが、美貌《びぼう》などどうでもよくなってしまうほど、少女の言動は強烈《きょうれつ》で、蔵麻はもっとこの少女を見ていたいと願っていた。さきほどまで、己《おのれ》の生死などどうでもよいと思っていたことすら忘れて。

この魂の底から湧き上がる渇《かわ》きに、蔵麻は覚えがあった。八栩——美千琉《みちる》の魂を持った者と出会ったときと同じ、抗《あらが》いがたい衝動《しょうどう》だった。

「一つだけ、教えろ。名を」

少女が一瞬《いっしゅん》、泣き笑いのような表情をかいま見せたような気がした。だが、余韻《よいん》はすぐに消え失《う》せ、つっけんどんな声が返される。

「嫌です。それよりもさっさとお逃げなさい。残党狩《が》りに遭《あ》いたくなかったら、早く」

「お前の名を聞いたらな」

駄々《だだ》をこねる子どものようだと自覚しながら、蔵麻は少女の手を取った。すると、少女の背後で影《かげ》がうごめき、桃色の唇から祝詞《のりと》が紡《つむ》ぎ出される。

「かけまくもかしこき八意思兼神《やごころおもいかねのかみ》のうづの大前に畏《かしこ》み畏み申《もう》さく」

やごころおもいかね。

その名を蔵麻は音もなく繰り返す。確か、記憶や知識を司《つかさど》る神だったはずだ。

どうやら、自分は最後までこの少女には勝てない定めのようだった。

「かがふり奉《たてまつ》る御神徳《おほみのり》を仰《あお》ぎ奉《たてまつ》り、喜《よろこ》び奉《たてまつ》り、九華参上《まゐのぼ》り来《き》て万那捧《まなささ》げ奉《たてまつ》り、言《こと》祝《ほ》ぎの事《こと》の由告《よしつ》げ奉《たてまつ》り」

「そうか、お前は九華というのか」

「お忘れなさい。『わたくし』のことはなにもかも」

いずれ欠片《かけら》すら残さず記憶から消える名を呼ぶ男に、少女は感情の見えない声で告げた。それを合図に、蔵麻からこの短い逢瀬《おうせ》のすべてが消え去ったのだった。

＊　＊　＊

「土蜘蛛《つちぐも》の処断はどうする」

「戦《いくさ》だ！　奴《やつ》らは媛君《ひめぎみ》の婚姻《こんいん》を汚《けが》してまで、我々を打ち倒《たお》すつもりだった」

「我々の誇りが汚されたのだ。このまま黙って見ていていいのか！　鹿足《しかたり》を罰《ばつ》しただけでは、これは収まらぬぞ！」

大王を上座に、居並ぶ重臣たちは怒《いか》りの声を上げた。中には、すでに鎧《よろい》を纏《まと》い大王の命を待つだけ、と言う者もいた。

そこに、少女の凛《りん》とした声が響き渡《わた》った。

「どうか、お静かに！」

渦中《かちゅう》の人――八梛は重臣たちに負けぬよう声を張り上げた。

とたんに突《つ》き刺さるような視線にさらされ、気押されそうになるが、ぐっと堪えて部屋の中へと進み入る。

「お前は部屋に戻《もど》りなさい」

「先ほど、私のことを口実に戦を仕掛《しか》けるとおっしゃった方がいましたね。ならば、その私にも口実にされるなりの権利を要求します」

一歩も引かないという眼差《まなざ》しで挑《いど》めば、父は渋《しぶ》い顔で場に臨《のぞ》むことを許した。

「お前はどうしたい。自分を利用した者たちを、許しておくことはできるか？」

父は、暗に許すなと言っている。黙って重臣たちの声に耳を傾《かたむ》けている彼こそが、誰よりも怒りをその身にたぎらせていた。しかし、人の王たる自覚が最後の箍《たが》となり、それを押《お》しとどめているのだ。

彼は今、全《すべ》てを八椰に委《ゆだ》ねたのだ。婚約者に裏切られただ泣いている娘でありたいのか。それとも、かしずかれ、復讐《ふくしゅう》を命じる媛でありたいのかを。

だが、八椰が選んだのは三つ目の自分だった。

「私は、彼らと手を取り合うべきだと思っています」

この話し合いが始まって以来のまったく新しい提案に、部屋の中はどよめいた。

「正気か、八の媛！」

「御身《おんみ》を奴らの穢《けが》れにさらされて、狂《くる》われましたか！」

湧き上がる罵声《ばせい》を一身に浴びた八椰はぐるりと部屋を見渡した。

「憎《にく》むのは簡単です。けれども、憎むだけで互《たが》いに疲弊《ひへい》し、いつか最後のひとりになるまで私たちは戦い続けるのですか？」

「あたりまえだ！　土蜘蛛と、どうやって手を取り合えと言うんだ！」

堪《たま》らないといわんばかりに、重臣の一人が声をあげた。

だが、悲鳴じみた声を封《ふう》じたのは、落ち着き払った八柵の言葉だった。

「この剣《けん》をご覧ください」

そうして、八柵が差し出したのは一振《ふ》りの剣だった。

「鹿足たちが携《たずさ》えていた剣です。このあたりでは見ない造りですし、なにより丈夫です。あの大蛇《だいじゃ》に下敷《したじ》きにされたにもかかわらず、形を保っていました」

「もしや、土蜘蛛から譲《ゆず》り受けたものなのか……？」

読みの鋭い一人の臣下の言葉に、八柵は「おそらく」とうなずいた。

「土蜘蛛たちが真に蛮族《ばんぞく》ならば、このような素晴らしい武器は生み出せない。そんな一族と真正面からやりあい、いたずらに命を散らすのが賢明《けんめい》と言えますか？」

神の言葉を賜《たまわ》っている自分たちが、蛮族に打ち負かされるはずがない。そのおごりが宮までの土蜘蛛の襲撃《しゅうげき》を招いたという事実に思い至り、男たちは言葉もない。

「許すことは難しいことです。明日、すぐに手を取り合い、同じものを見て、同じことを考えろと言われても無理です。けれども、これ以上傷痕《きずあと》を増やすような真似《まね》もするべきではないと、私は思います。尾を喰《く》いあった蛇《へび》に、なにが残りましょう」

　すると、戦いばかりを主張してきた男たちは、戸惑《とまど》ったように顔を見合わせる。

　言ってわかってくれない者たちではないのだ。そして、もう少し時間を置けば、さらに彼らとの交渉《こうしょう》の余地はあると八椰は見ていた。

　そして、なによりも心強い味方――大王が、八椰に問いかける。

「そなたに、できるのか」

「私ひとりではありません。父上も、日女神《ひめがみ》も、そしてここにいる方々が、きっと私を支えてくれます」

　そして、八椰は臣下たちを見渡した。悠然《ゆうぜん》と、ほほ笑みながら。

　もう、八の媛に異を唱えるものは一人もいなかった。

　細く長く息を吐《は》き出した大王は、一つ一つ丁寧《ていねい》に言葉を紡いだ。

「古《いにしえ》に、女王を戴《いただ》いた国があった。その国は永く栄えたそうだ。私は、我が娘がその国をまた見せてくれるのではないかと思っている」

「大王、媛君はまだ若くていらっしゃる」

「早々に私を隠居扱《いんきょあつか》いするな。もちろん、そうそう簡単に王の座を譲り渡してやる気はない。だが、八の媛の婿取《むこと》りは取りやめ、九の媛の婿探しを続けることにする」

八棚の良人《おっと》は決まらなかった。けれども、八棚が胸に抱《いだ》いたのは悲しみでも絶望でもなく、清々《すがすが》しい達成感だった。


男たちの話し合いの場から立ち去ったその足で、八棚は御舎《みあらか》に向かった。

その後ろには、いつの間にか沙霧がぴったりと寄り添い、つき従っている。

はやる気持ちを抑《おさ》えきれず自然と浮足立《うきあしだ》っていたふたりを、日女神は御舎の階《きざはし》に腰掛けて出迎《でむか》えた。

「随分《ずいぶん》と浮《う》かれた気分のようじゃな、八棚。して、そなたにくっついておるのは例の誓約《せいやく》で生まれ直した娘じゃったな。名は？」

日女神の生気に満ちた瞳を向けられて、沙霧がぎゅっとすがってくる力をこめたのを八棚は感じたが、やがて音だけははっきりと幼子は紡ぐ。

「沙霧」

「良い名じゃ。ところで八棚よ、今日はずいぶんと豪奢《ごうしゃ》な出で立《い》《た》ちだが、どうした」

日耶《かや》はそう言って、八棚の頭のてっぺんからつま先までまじまじと目を滑《すべ》らせた。

八棚は、揺《ゆ》れる耳飾《みみかざ》りに鮮《あざ》やかな色どりの勾玉《まがたま》の首飾りという常より豪奢な出で立ちだ。そして、黄金色に輝く冠《かんむり》は丁寧に結《ゆ》いあげられている髪を引きたてている。

そして、まっさらな布地に赤い糸で施《ほどこ》された刺繡《ししゅう》が描《えが》く紋様《もんよう》は精緻《せいち》であり、大胆《だいたん》だ。

私を、八眞土《やまと》中で一番美しい女にしてください。

それが、八梛が姉たちの力をもって叶《かな》えた願いだった。

「そうね。だって、今日は御神にお目見えしにまいりましたもの。日之御加也比女神《ひのみかやひめかみ》」

自らの実名《みな》を呼ばれた日女神は、ぴくりと柳眉《りゅうび》をつりあげた。

「その名を呼ぶことの意味を知って、呼んでおるのか」

「ええ、もちろん」

日耶ではなく、日女神に向かい、八梛は自らの願いをためらいなく告げる。

「この子の父親を連れ戻しに、天つ空に行きます」

八梛は朔夜が再び姿を消したことを沙霧から聞いた時、落胆《らくたん》するよりも早く怒《おこ》り、その次の瞬間には覚悟《かくご》を決めてしまっていた。

かならず、会いに行ってやると。

だが、その前に宮の混乱を収めなければならなかった。そこだけは譲れなかった。

「妾《わらわ》はそなたがあれと出会ったことを後悔《こうかい》したと思うていたが、懲《こ》りてはおらぬのか」

「私が後悔したのは、朔夜から言葉を聞けなかったことであって、朔夜と出会ったことでも、選んだことでもないわ。勘違《かんちが》いをしないでちょうだい」

呆《あき》れるほど、すらすらと反論の言葉は出てきた。神の前で物おじするどころか開き直るその不遜《ふそん》さに、日女神は呆れたように嘆息した。

「妾は、そなたをおろかだと思う。だが、美千琉は哀《あわ》れだった。そのどちらが正しいのか、妾にはわからぬ」

思いがけず引きあいに出された名に、八梛は耳を疑う。

「美千琉を知っているの？　でも、私が見た美千琉の記憶の中に日耶はいなかった」

「妾が会いに行ったのは、もはや病床《びょうしょう》から動けなくなっていた美千琉じゃ。愛した男を拒《こば》んでしまったことを悔《く》やみ、あやつは動けなくなってしまった。毎日毎日、呪《のろ》いのように唱えていた。『私などいなくなってしまえばいい』と。そして、不幸なことに、あれは心よりも強い言霊《ことだま》を持ち、自らを病《や》ませてしまった。結果、あれの死は弟に『殺してしまった』という罪悪感を植え付け、言葉すら奪《うば》ってしまった」

長い因縁《いんねん》を見守り続けていた日女神は、終焉《しゅうえん》を迎《むか》える喜びにほほ笑んだ。

「そなたはやはり、美千琉ではない。八梛は美千琉よりもはるかに強い。次など思うでない。今ここから始めるのだ。そなたなら神々の棲《す》む天にだって行けるはずじゃ」

に力を込めた。

「沙霧も、ゆく」

今まで、二人の会話をじっと見守っていた沙霧は、ぎゅっと八棚とつないでいた手

「そなたはここで妾と留守番じゃ。二人の邪魔《じゃま》をしてはならぬ」

「沙霧も、とうさまにあいたい。沙霧が、かあさまをおそらにつれていく」

そして、いやいやをするかのように首を左右に振る沙霧に、日耶は言い聞かせる。

「そなたは、八眞土で生まれた。なれば、天つ空に行ったことはないであろう」

「とうさまのこえのするほうでしょう？　ずっと、きこえる。かあさまをよんでる」

すると、日耶は盛大に笑いだす。それこそ、天にまで届きそうなよく通る声だった。

「ここまで聞こえるとは、よほどそなたが恋《こい》しいらしいと見えるな。そら、はよう二人していくのだ。よい土産《みやげ》を待っているぞ」

そして、追い払《はら》うかのように手をひらひらと振る日耶に、八棚は力強くうなずいた。

「うん、行ってきます」

帰るための言葉を告げて、八棚と沙霧は駆《か》けだした。

＊　＊　＊

「行きましたか」

「九華か。姿を見かけぬと思っていたが、また縁談《えんだん》の処理でもしておったのか？」

「ええ、まあそのようなものです。八梛姉様と違《ちが》って、わたくしは嫁《とつ》ぐしか能のない女ですから、えり好みくらいはさせていただきたいと思います」

どこか投げやりにすら聞こえる言葉に、日耶は苦笑《くしょう》を浮かべた。

「そう拗《す》ねるでない」

「拗ねて、いるのでしょうね。二人のどちらにも。わたくしの運命を呆気《あっけ》なく奪っていってしまった八梛姉さまにも、大好きな八梛姉さまを奪っていくあなたの弟にも」

「そなたはほんに、美千琉のよからぬものを一手に引き受けたのじゃな」

美千琉は九番目の媛だった。そして、九華もまた九番目の媛だ。

二人の似通った点はそれだけではない。

「そのくせ、自分から運命には決して近づこうとはしなかったであろう。そこまで心配せんでも、どうせ見た目が同じであろうと分からないようになっているというのに」

九華は美千琉の容姿を受け継《つ》いでいた。そして、記憶すら正しく知っていた。だが、その真実を知るのは美千琉の呪いを見届けたこの日女神だけだった。

もう二度とあの月の神とは逢《あ》いたくない。それもまた、美千琉の願いで、九華が受け継いだもののひとつだった。

「わたくしは納得《なっとく》していません。あの男に八椰姉さまを幸せにできるとは思えない」

「だから、なにかにつけては、あれを引き離《はな》そうと必死だったのだな。愛《う》い奴《やつ》よ」

「けれども、八椰姉さまのためを思えば、引き会わせた日耶の方が正しかった」

八椰の不安定な力は、美千琉が「万那《まな》など宿らぬ、神と交わることもない普通の娘として生きたい」と願ったことに端を発《はっ》していた。

だが、弟神と会わせたことで、美千琉の後悔を八椰の幸福な思い出で書き換《か》えていくことができた。結果、万那に対する否定を消し去ることで言霊の力を見事行使できるようになり、次期女王の座も手に入れた。

「妾は信じておる。八椰ならば、どんな華《はな》も嵐《あらし》も踏《ふ》み越《こ》えていくと。現に、ああやって、天つ空まで行っただろう。妹背《いもせ》の君を恋しく思って根の国まで行った我が父君と同じことを、人の身の八椰がしておる。それほどに、あの二人は定められた仲ということ。そして、九華。それはそなたにも言えることじゃ。美千琉の魂《たましい》と記憶を持って生まれたとはいえ、そなたはそなただ。九華の生きざまを見せぬままでどうする」

蛇《へび》の呪いと不安定な万那を与えられた八梛と同じく、九華もまた迷惑《めいわく》を被《こうむ》っていた。己《おのれ》の中に眠る美千琉としての記憶が、九華として生きることを阻《はば》んでいた。

「そうですね。美千琉美千琉とうるさい割に、呪いを破ってまで誰もわたくしを見つけ出してなどくれなかった。定めなど所詮《しょせん》その程度のものなのでしょう」

「そこまで投げやりにならなくてもよいだろう」

うつむいたままの九華の掌《てのひら》から現れたのは、薄紫《うすむらさきいろ》色の磨《みが》かれた勾玉だった。九華が生まれてから肌身《はだみ》離さずつけていたそれを見つめながら、ちいさく呟《つぶや》く。

「わたくしは、この重いだけの荷物を降ろそうと思います。そして、八梛姉様がそうしたように、九華として探します。わたくしだけの運命を」

儚《はかな》いと称《しょう》される横顔が、今はしたたかに前だけを見据《みす》えていた。

＊　＊　＊

「ここが、天つ空……」

見たところ、八眞土とそう代わり映えしているようには見えない。

遠くに山が見え、その裾野《すその》にあたるらしいここには、葦《あし》の原っぱが広がっている。

「こっち」

沙霧の小さな手が、八梛のそれを取って引く。まるで見えない糸でもたどっていくかのように、その足取りに迷いはない。

途中、何人かの人影《ひとかげ》とすれ違う。腰の曲がった老人もいれば、沙霧のようにまだ幼い姿のものもある。中には、まるで獣《けもの》が交じったような容貌《ようぼう》のものもいた。

「来たね」

「来た来た」

すれ違いざまに彼らはそう言っていたが、歓迎《かんげい》されているかどうか自信はない。恐《おそ》る恐る歩みを進める八梛に、男のものとおぼしき声がかかる。

「ようこそ、八百万の住まう地へ」

天つ空にたどりついてから初めての、こちらに向けられているとわかる言葉だが、どこにも声の主は見えない。あたりをきょろきょろ見渡しても、なにもない。

「私は影《かげ》を司《つかさど》るもので、あなたが縁《えん》を結ばれた御二柱神の眷属《けんぞく》にございます。今日は、どうされましたかな、媛君《ひめぎみ》、そして小さき者よ」

よく目をこらすと、ようやく黒いもやのようなものが見えた。そちらに目を向けてお辞儀《じぎ》をすると、もやも礼を返し、ようやくそれが人の形をしているのだとわかった。

「私は、大切な人を探すために、この天つ空に来ました」

「貴女《あなた》が探すかの御方《おかた》は隠《かく》れておいでだ。そして、過去に大きな傷を負われた」

「ええ、知っています」

出会った時の暗い瞳を、八棚はこの先忘れることはないだろう。もやに向かって、八棚は心の内を偽《いつわ》ることなくさらけ出す。

「まだ、彼は傷だらけで、ひとりでは膿《う》んでいくばかりです。そして、私も同じです。私ひとりでは暗がりを歩くことができない。だから、会わなければいけないんです」

寄り添うように、いつも朔夜は隣にいてくれた。手放したくなくて、ここまで来た。今さら、引き返すことはできない。

「二心はないと？」

「この子が、彼と交《か》わした誓約《せいやく》の証《あかし》が、ここにいます」

試《ため》すような口調に、八棚ははっきりと告げた。そして、それに呼応するかのように、隠れてばかりだった沙霧も、もやの前に進みでる。

ふよふよと浮《う》かぶもやが、腕組みをするかのように流動する。そして、いくばくかの逡巡《しゅんじゅん》の後に、「承知した」と返事が返ってきた。

「ありがとうございます」

「いえ、どうか、我々の御月をお願いいたします」

もやの形が、ふたたび腰を折る。八栅は自分たちが受け入れられたことを知り、沙霧の手を携《たずさ》えて行こうとするが、その足は動かない。

「どうしたの、沙霧」

「とうさま、あっちにいるから。かあさま、きっととうさまをつれてきてね」

一緒《いっしょ》に行かないのかと驚《おどろ》くが、沙霧は桃色の唇からぽつりとこぼした。

「とうさまは、さきりのことわすれてる」

「そういえば、朔夜はあなたを見ても、なにも気がつかなかったわね」

美千琉と朔夜の誓約から生まれたのなら、朔夜が知らないのはおかしい。その疑問はすぐに答えを得る。

「かあさまが、わすれなさいってねがったから」

この母とは、もちろん美千琉のことだ。それほどに、美千琉の決意は固かったのだ。

最後まで朔夜を拒み続けた遠い面影《おもかげ》の強情さを歯がゆく思ったのもつかの間、意外な真実を沙霧に告げられる。

「とうさまが、どこにでもゆけるように、だれかによりそえるようにって」

「じゃあ、忘れなさいという願いの真意は」

「だから、いって、かあさま。やなぎのこいをはじめるために」

八椰は目を見張った。

少女の面差《おもざ》しに、声に、美千琉の面影をかいま見たのだ。しかし、それは一瞬の出来事で、すぐに幻《まぼろし》のように消え失《う》せる。

だが、想《おも》いは届いた。三百年の時を越えて。

「分かった。必ず連れてくるから。待っててね」

想いごと幼子の体を抱《だ》きしめて、八椰は朔夜の隠れた岩戸へと一気に駆けた。


「聞こえる？　朔夜」

岩の戸越《ご》しに聞えてきた声に、朔夜は耳を疑った。

彼女がここにいるわけがない。ここは神の国だ。

「どうして」

最初に口をついて出たのは、問いかけるための言葉だった。

けれども、厚い岩の壁《かべ》を通しては、か細い声は八椰にまでは届かない。

「本当にここにいるのかしら……、えい！」

おそらく八椰は岩の向こうで思いきり力を込めているのだろうが、以前とは違い、岩はびくともしない。この岩の戸は、どんな怪力《かいりき》であろうと、内から開けようとしない限りは開くことはないからだ。

「やっぱり、神様の世界は人の世界とは違うわね」

はあとため息をついて、八椈は力押《お》しを止《や》めたようだった。だが、それでも言葉だけはかけ続けてくれる。

「もやのようなお姿の神様にお会いしたわ。あなたのことを心配していた」

なじみの神の名前を知らされ、彼女が天つ空に受け入れられたということを知る。

だが、それでも岩の扉《とびら》一枚を隔《へだ》てた向こうにいる少女にまみえるための覚悟《かくご》ができずに、ぐっと朔夜は唇をかみしめた。

「美千琉ではない私は要《い》らない？」

「違う！」

ようやく声を発することができたが、まるではねつけるように響《ひび》いたことに、朔夜はさっそく後悔《こうかい》をした。いつも、自分はこの愛《いと》おしい少女を大切にできない。

だが、八椈の八椈たる所以《ゆえん》を、彼女は存分に見せつける。

「よかった、空の岩蔵に声をかけていたらどうしようかと思っていたの」

明るい、笑いすら含《ふく》んで聞えるのは間違いなく彼女の持つ抑揚《よくよう》だった。

泣きたくなるほど優しくて、すべてを許される気がする、大好きな声だった。

「でも、どうして出てきてくれないの」

答えを求める声に、朔夜はためらいがちに答える。

「俺は、八梛のことが好きだ。愛おしい。……違う。こうやって、言葉にする先から、どんどん八梛のことが欲しくなる」

想いを吐露《とろ》した勢いのまま、朔夜は奥底に眠《ねむ》らせていた脆《もろ》い部分をさらけ出す。

「だが、俺はまた八梛を傷つけるかもしれない。傷つけて、拒《こば》まれることが怖《こわ》い」

すべてを告げて、朔夜は許しを待った。どうか、受け入れてくれと、臆病《おくびょう》な心で、すがるように願った。

だが、答えがない。

あのほっそりとした三日月が浮かぶ夜、宮の中の洞窟《どうくつ》の前で八梛は声をかけ続けてくれた。答えなどなくても、待つ強さを持っていた。

だから自分は、いつしかこんなにも岩の扉を疎《うと》ましく思うようになってしまった。

自らを守るための盾《たて》が、今は縛めの鎖《くさり》のようだ。

朔夜は恐れもなにもかもかなぐり捨てる。岩を開け、そこにいるはずの少女を探す。

「八梛……、どこだ」

だれも、そこにはいなかった。

愛想を尽《つ》かされてしまったのだろうか。

大声をあげて泣きだしてしまいたい衝動《しょうどう》に駆《か》られる。

涙が流れ、やがて八眞土に降り注げばいい。太陽が出れば、何事もなかったかのように、雨は乾《かわ》く。そして、この想いもすべて消え去ってしまえばいいと朔夜は思った。

だが、天の方向――岩屋の上から声が届く。

「裸踊《はだかおど》りをする前に、あなたが出てきてくれてよかったわ」

勝利を確信した笑みとともに、逃《に》がすものかと八梛は飛び降り、そのまま逃げないように朔夜を押し倒《たお》す。

「傷つけられるものなら、傷つけてみなさいよ。拒まれてもおかしくないくらい近くに来たじゃないの。その時に、私はどうしたかしら？」

八梛は、首を傾《かし》げて自信たっぷりに組み敷《し》いた男を見下ろした。そうして蘇《よみがえ》るのは、歌垣の夜に、口づけをかわした時のことだった。

あの時とはなにもかもが逆だ。体勢も、驚いているのが朔夜であることも。

そして朔夜の驚きは八梛の行動に対してだけではない。

「その格好は、いったい」

「これね、蔵麻との祝言はやめにしたから、姉さまみんなに手伝ってもらって縫《ぬ》い直したの。良人《おっと》探しはやめたから、次は九華が良人を探すわ。もっとも、順番を譲《ゆず》らなくたってあの子は勝手に良人を見つけてしまいそうだったけれど」

「八梛は、あれだけ結婚を望んでいただろう。なぜ」

だが、それ以上の問いかけを封《ふう》じるために朔夜の唇に指を押し当てる。

「私、だれかに幸せにしてもらうのはやめにしたわ。その代わり、昔捨てたはずのものを、もう一度拾い上げることにしたの」

そして、八梛は装束に負けないほどの鮮《あざ》やかな笑みを浮かべ、不敵に言った。

「私、女王になる。そして、あまねく国の母になる」

朔夜はまぶしいものでも見つめるように目を細め、そして静かに笑う。

「似合っている、八梛ならきっと良い女王になる」

「でも、母になるには良人が要るわ」

そして、八梛は朔夜の頬《ほお》を指でつぅとなぞった。婀娜《あだ》っぽい仕草をできているか不安だったが、朔夜の頬に赤みが差したところを見ると、うまくいったらしい。

「まさか、その良人とは」

その後、しどろもどろになりながら、朔夜が「でも」とか「普通誓約《せいやく》は男の方から」とか言いながらあたふたしているところを、八棚の嘆息《たんそく》が一蹴《いっしゅう》する。

「そうよ。八眞土では厄介《やっかい》なことに女からそういうことを言ってはいけないの。だから、こんな格好をして、こんな体勢に持ち込んで、精一杯誘惑《ゆうわく》しているの。さ、ががた言ってないで私に言葉をちょうだい。魂《たましい》ごと縛《しば》ってくれるような、すてきな言葉を」

「俺は、返歌なんて知らない」

「知っているわ。だから、言霊《ことだま》を。それだけで十分だから」

ねだるはずの言葉なのに、それは命令と等しかった。

けれども、その命令すら今の朔夜にとっては愛のささやきに聞こえたようだ。

さまよいがちだった双眸《そうぼう》が、八棚に定められる。そして低く、熱のこもった声が八棚へと届く。

「『朔夜』は永遠に八棚のものだ。だから、俺にも教えてくれ。八棚の実名《みな》を」

実名を告げること。それは家族にだけ許されたことだ。遠まわしで、だけれどもそれが朔夜らしくて、花が開くように八棚はほほ笑んだ。

「私は、常盤弥幸八椥媛《ときわみさきやなぎひめ》というの。覚えておいてね、私の背の君」

そして、どちらからともなくかわされた三度目の口づけは、一度目よりもためらいがちで、二度目よりもぎこちなく、けれどもすぐに訪れた四度目では深く満たされるような心地《ここち》よさを分けあった。

唇が離れた後、間近で朔夜が眉《まゆ》をひそめた。

「そういえば、贈《おく》り物がなかった」

「あなたをもらったわ。それに、もうひとつすてきなものをもらったから」

「すてきなもの？」

覚えがないらしい朔夜は眉間《みけん》のしわを深めるが、構わず八椥は耳元で告げる。

「言ったでしょう？　母になるって」

意味もわからず目を白黒させている朔夜は、すてきなものの声を遠くから聞く。

「かあさま――！」

待ち切れなかったのか、沙霧が一生懸命《けんめい》に手を振《ふ》りながらこちらへと向かってくる。

その後ろにはぼんやりとしたもやがついている。

「紹介《しょうかい》するわ。私たちの娘の沙霧よ。蔵麻との戦いのとき、あなたを天つ空から呼びよせてくれたのも、あの子なのに。薄情《はくじょう》なお父様ね」

そうしていたずらっぽく笑う八梛の下で、朔夜は口を何度か空回らせる。

「あ、あの娘が？　じゅ、順番が間違っている。そもそも、俺は、八梛に触《ふ》れて」

「知らないの？　口づけると子どもが生まれるのよ？」

「そんな子どもだましの嘘《うそ》に、俺がだまされると思ったら大間違いだ！」

いつもの静かな調子の声とは違い、動揺《どうよう》を収めるためにうわごとめいた言葉をくりかえす朔夜の唇に、八梛は口づけを落とした。

「大丈夫《だいじょうぶ》、いずれもっと増えるから」

のびやかにそう告げる声は、まるで恋の歌を歌っているようだった。

終

あとがき

はじめまして。当真伊純《とうまいずみ》と申します。

この物語は、第8回小学館ライトノベル大賞ルルル文庫部門で優秀賞となった『八《や》百万戀歌《およろずこいうた》』を改題・改稿したものとなります。

私自身、けっして日本神話や古代日本に詳しくはありません。事実、祝詞《のりと》も和歌も参考文献にかなりお世話になりました。しかし、何事も挑戦は必要だと思って書いたものがこうして受賞し、人生なにが起こるかわからないなとつくづく思わされました。

もしかしたら、一年ほど前に某県の神社を手当たり次第に巡《めぐ》っては、絵馬に「デビューさせてください」と願ったことで（ただし主な御利益《ごりやく》は交通安全）、八百万の神様的にも「私らの売り出しよろしく～」というノリで後押ししてくれたのかもしれません。

後押しの結果が、婚活連敗中暴走系媛《ひめ》と、その媛にがっつり捕まってしまった元ヤン現引きこもり神様の恋物語なのも、きっとなにかのご縁《えん》に導かれてのことでしょう。

改稿作業中ふと冷静になって、「朔夜《さくや》は三貴神のエピソードを闇鍋《やみなべ》にした存在だけど、受け入れられない人もいるのでは？」と脳内で物議を醸したにもかかわらず、「まあいっか」とそのまま突き抜けてしまったのも、なにかの力が働いていたからでしょう。

実は、私はあとがきを書いたのは初めてではありません。ただ、そのあとがきは、ごく少数の友人のためにノートに手書きで書いた拙い物語のものでした。当時は本の出版など無理だと決めつけ、作家の真似事《まねごと》をして満足していたのだと思います。

それから何年も経《た》ち、夢を諦《あきら》めきれず全力で追いかけようと決意したのは、家族の理解と、友人たちの応援、投稿仲間の方々との切磋琢磨《せっさたくま》があったからです。私ひとりでは、ここまで来ることはできませんでした。

そして、物語を世に出すためともに歩んでくださった編集さまをはじめ、イラストを担当してくださったたくまの先生、印刷所の方々、本という形にするためにご尽力いただいたすべての方にも心より感謝申しあげます。

最後に、この本を手に取ってくださった読者の方々。皆様に読んでいただいて、やっと物語として終わることができるのだと思います。本当に、ありがとうございます。

当真　伊純

♡本書のご感想をお寄せください♡

〒101－8001 東京都千代田区一ツ橋二－三－一
小学館ルルル文庫編集部 気付
当真伊純先生
くまの柚子先生

小学館ルルル文庫

八百万《やおよろず》戀歌《こいうた》
～やまといつくし、こひせよをとめ～

2014年 7月 1日　初版第1刷発行

著者　当真伊純

発行人　丸澤 滋

責任編集　大枝倫子

編集　坂口友美

発行所　株式会社小学館
〒101－8001　東京都千代田区一ツ橋2-3-1
編集　03(3230)5455　販売　03(5281)3556

印刷所
製本所　凸版印刷株式会社

© IZUMI TOUMA 2014
Printed in Japan

定価はカバーに表示してあります。

Ⓡ＜公益社団法人日本複製権センター委託出版物＞本書を無断で複写(コピー)することは、著作権法上の例外を除き、禁じられています。本書をコピーされる場合は、事前に公益社団法人日本複製権センター(JRRC)の許諾を受けてください。JRRC(電話03-3401-2382)
●造本には十分注意しておりますが、印刷、製本など製造上の不備がございましたら「制作局コールセンター」(フリーダイヤル0120-336-340)にご連絡ください。(電話受付は土・日・祝休日を除く9:30～17:30までになります)
●本書の電子データ化等の無断複製は著作権法上での例外を除き禁じられています。代行業者等の第三者による本書の電子的複製も認められておりません。

ISBN978-4-09-452284-6

LULULU

ルルル文庫

最新刊のお知らせ

7月25日（金）ごろ発売予定

『守護姫さまの恋修行』

市瀬まゆ　イラスト／高星麻子

武門の一家に育った男勝りの少女・莉瑠《りる》は、
放蕩殿下と呼ばれる王族の
朱槙《しゅしん》を守護するハメになるが…!?

『流血王の初恋』

宇津田晴　イラスト／増田メグミ

冷酷無比な「流血王」と恐れられるカエルムに、
花嫁として差し出された没落王女のユーラ。
強面な夫の素顔って!?

『鳥籠の寵姫《オダリスク》 ―虜《とりこ》の皇子《おうじ》は恋をしない―』

葵木あんね　イラスト／椎名咲月

皇帝に見初められて成り上がるのを夢見る
レヴィーリーンが呼ばれたのは、
「黄金の鳥籠」と呼ばれる皇弟の幽閉所で…!?

※作家・書名など変更する場合があります。